스마트소설

박인성문학상

2
0
1
6

수상작품집

1859~1999

문학나무

차 례

갈 길을 먼저 보고 동행자를 정한 심사였다

심사는 어려웠다. 예심을 거쳐 본심에 올라온 작품들 가운데 최종 후보작은 다섯 편으로 추려졌다. 이 다섯 편이 각기 고른 성취를 보이고 있었기에 논의는 길어질 수밖에 없었다. 여우를 기다리는 주인공의 모습을 통해 끝없는 기다림 앞에 놓인 현존재로서의 인간의 형상을 부각시키고 있는 심아진 작가의 「섬의 여우」냐? "아버지는 콘돔공장 노동자였다"라는 첫 문장으로 한국소설사상 새로운 아버지 명제를 보여주고 있는 박성준 시인의 「두부의 취향; 태내 상상」이냐? 한 세계가 오롯이 닫히는 종말의 환시를 보는 인물들을 통하여 현실의 어두운 비전(vision)을 보여주고 있는 유재영 작가의 「증강현실」이냐? 어디서든 삶이 지금보다 더 나빠지지 않기만을 바라며 살아가는 이방인들의 형상화를 통해 세계에 대한 새로운 귀속 감각을 보여주고 있는 김금희 작가의 「아이리시 고양이」냐? 늘 도시의 인파 속에서 살아가며 고독의 상실이라는 병 아닌 병을 앓고 있는 현대인의 모습을 잘 포착한 김상혁 시인의 「1859-1999」이냐? 이 다섯 편은 모두 제나름 수상에 값할 수 있는 수작이라는 것이 본심 심사위원들의 공통된 결론이었다. 이는 그만큼 올 한 해 동안 거둔 스마트소설의 결실이 탐스럽다는 뜻인 까닭에 흐뭇한 일이었다. 그러나 도무지 심사 자리가 쉽게 끝날 기미가 보이지 않는 것은 답답한 노릇이었다.

시간이 흐르며 논의는 새롭게 가닥을 잡았다. 어떤 작품이 더 완성도가 있느냐 하는 것은 이미 문제가 아니었다. 심사위원들은 스마트소설의 미래에 관한 큰 그림을 그려보기 시작하였다. 어떤 작품이 스마트소설이라는 양식이 정착하는 데에 보다 큰 힘을 실어줄 수 있는 수상작이 될 수 있을까? 다시 말해 갈 길을 먼저 보고 동행자를 정해보자는 전략이었다.

김상혁 작가의 「1859-1999」는 흠이 없는 작품은 아니었다.

마지막에 편지글을 삽입한 부분이 사족처럼 느껴져 스마트소설 특유의 압축미를 떨어뜨리고 있다는 지적이 연달아 나왔다. 또 '시간 여행'이라는 소재가 일단은 흥미롭지만, 한편으로는 특정 장르에서 흔하게 볼 수 있는 것이라는 점도 마음에 걸렸다.

그러나 「1859-1999」는 독자들에게 더 친근하게 다가가고자 하는 스마트소설의 노력을 상징적으로 보여줄 수 있는 작품이었다. 비평에 기대야만 의미를 파악할 수 있는 어려운 작품이거나, 순문학에 익숙하지 않은 독자를 어리둥절하게 할 만큼 모호성이 짙은 작품이 아니었다. 쉬운 필치와 신선한 감각, 그리고 짧은 분량 안에서도 인물의 성격을 인상적으로 제시하는 등 힘 있는 스토리텔링으로 독자들에게 스마트소설이 지닌 매력이 무엇인지를 보여줄 수 있는 작품이라는 데 모두의 의견이 모아져, 이 작품을 최종 수상작으로 결정하였다. 결말의 편지글 부분도, 독자에 대한 친화력이라는 관점에서 다시 바라보니, 글의 질감(texture) 변화를 꾀하는 동시에 타인을 대하는 인간의 모순적 감정이나 인간사의 의미와 허무 등의 추상적 내용을 좀 더 쉽게 전달하기 위한 선택이라고 이해되었다.

스마트소설 박인성문학상은 이제 제4회를 맞으며 어엿한 소설상으로서 자리를 잡아가고 있다. 그 도정에서 독자에게 손을 내밀어 꼭 함께 하고자 하는 것이 상을 주관하고 또 심사에 참여한 모든 이들의 마음이다. 김상혁 작가, 그리고 훌륭한 후보작을 낸 여러 작가들과 함께, 여러분에게 그 손을 내민다.

— 본심 위원 | **정현기 윤후명 황충상**
— 예심 위원 | **주수자 양진채 안서현**(집필)

시인이 첫 상을 스마트소설로 받습니다

저는 정지아 선생님 때문에 문학을 시작했습니다. 그땐 당연히 소설가가 될 거라고 생각했습니다만, 지금은 시를 쓰고 있습니다. 후회는 없습니다. 그럭저럭 잘 써왔다고 생각하고 있고, 앞으로 더 나아질 거라고 믿기 때문입니다. 다만, 평생 시만 쓸 수는 없을 것 같았고, 만일 시 아닌 다른 것을 쓰게 된다면 당연히 소설을 쓰게 되리라고 확신하고 있었습니다. 누구에게 말한 적은 없습니다. 친구들에게는 그냥, 이제 소설 같은 건 쓰지 않는다고 말하곤 하였습니다. 소설을 얕잡아보아서가 아니라, 오히려 제가 쓰는 소설이 제가 생각하는 소설보다 항상 턱없이 부족하기 때문입니다.

제 글은 소설가가 되기엔 호흡이 많이 짧습니다. 제가 떠올리는 내용들도 소설이 되기엔 조금 허무맹랑하다고 봅니다. 스펀지가 사람으로 변하는 이야기, 꿈속 난쟁이들에게 포도씨를 받아와 키우는 이야기, 평생 단 두 명을 생각으로 죽일 수 있는 능력을 가지게 된 왕따 학생의 이야기 등등. 누구한테 말하기도 부끄러운 얘기들을 혼자 만들었다 지웠다 하였습니다. 그 가운데 「1859-1999」가 있었고, 「좋은 친구」가 있었습니다. 그저 짧고 이상한 생각일 뿐인 글을 칭찬해주서서 감사합니다. 모두 예심심사위원들과 정현기, 윤후명, 황충상 선생님 덕분입니다. 제게 뜬금없이 소설 청탁을 해주신 문학나무 편집위원들께도 감사드립니다. 사실 청탁이 없었다면 쓸 생각도 못했을 글입니다.『젊은시』때부터 저에게 관심을 가져주신 이승하 선생님께는 특별히 더 감사하다고 말씀드리고 싶습니다.

　그게 어떤 종류의 글이든 상관없이, 저에게 글을 쓰는 재주가 조금이라도 있다면, 그건 문혜원 선생님, 정지아 선생님, 그리고 권혁웅 선생님이 제 근처에 계시기 때문입니다. 시인의 첫 상이 소설상이라는 게 좀 어리둥절합니다. 하지만 삶과 사랑의 고통을 진지하게 글로 옮기셨던 박인성 선생님의 이름으로 상을 받게 되어 행복합니다. 저 역시 시든, 소설이든, 어쨌든 가볍게 쓰지 않으려고 노력하고 있습니다. 아직 결과물들은 조금씩 어설프지만, 제가 맞는 길을 가고 있다고 격려를 받은 기분입니다. 감사합니다.

수상자 김상혁 수상작 1859-1999 신작 좋은 친구
2009년 『세계의문학』신인상 등단. 2013년 시집 『이 집에서 슬픔은 안 된다』.
e-mail : redinsilver@hanmail.net

1859-1999

노인의 이야기에 사업가 A는 기가 막혀서, 하필 미친 늙은 이가 내 목숨을 구했군, 하고 생각했다. 그러니까 어르신, 계산해 보면 어르신은 1860년 전후에 태어나셨군요? 조금 빈정거리는 듯한 A의 말투에 노인은 무릎 위의 두 손을 꼭 모아 쥐며 입술을 몇 번 달싹거리더니 이내 벤치에서 몸을 일으켰다. 젊은이, 내가 실수한 것 같아. 나도 크게 기대한 건 아니야. 이만 가보겠네. 놀란 A는 벌떡 일어나 노인의 어깨를 양손으로 살갑게 움키며 말했다. 아뇨, 아닙니다. 실수는 제가 했지요. 그래서 제가 뭘 어떻게 해드리면 될까요?

노인과 헤어진 A는 화서역을 빠져나와 택시를 잡았다. 그는 뒷좌석에 몸을 묻은 채 방금 일어난 일들을 곱씹어 보았다. 재수 옴 붙은 하루였다. 매년 '400대 자산가 리스트'에 이름을 올리는 A가 사십 평생, 택시든, 지하철이든, 그런 대중교통을 이용할 일은 거의 없었다. A의 운전기사가 접촉사고를 냈고, 상대방 운전자는 돈 냄새를 맡았는지 자기 차 안에서 버티며 악을 쓰기 시작했다. 뒷목을 부여잡은 채 택시를 잡아주겠다는 기사에게, 무슨 바람이 불었는지, A는 문득 서민적인 모습을 보여주고 싶은 충동을 느꼈다. 그는 화서역 입구를 턱으로 가리키며 말했다. 겨우 한 정거장 아닌가? 그리곤 이 사달이 났다. 다른 사람을 피해 철길 끝에서 열차를 기다리다가, 그만 철로 밑으로 떨어져 버린 것이다. 평일 오후 한가한 화서역에서, 노인은 땅에 바짝 엎드린 채 양팔을 뻗어, 전력을 다하여 A를 끌어올려 주었다.

한 달이 흘렀다. A는 노인과의 약속대로 경기도 B대학 앞 도로 4킬로미터를 막은 채, 그 길을 따라 길게 간이 천막을 설치하였다. 천막에 들어간 돈도 돈이거니와, 영화 촬영을 핑계로 지역 경찰과 관계 공무원의 협조를 구하는 데도 상당한 비용이 들었다. 물론 영화 같은 건 개봉되지 않는다. 중요한 건 노인이 홀로 십 리 정도를 걷는 동안 아무도 그를 보지 못하게 하는 것이다. 정말 고마워. 내가…… 너무 고마워. 천막 안으로 들어가기 직전, 노인은 A의 손을 잡고 펑펑 울기 시작했다. 그리곤 구깃구깃 접은 쪽지 한 장을 A에게 건넸다. A는 어서 이 멍청한 연극을 끝내고 마음의 짐을 털어버리기만을 바라며 쪽지를 주머니에 넣었다. 네, 네, 조심히 가세요. A가 고개를 끄덕이자 노인이 들어간 천막의 입구가 단단히 닫혔다.

A는 천막 반대편으로 차를 타고 이동하였다. 노인은 새벽 3시부터 5시까지 천막 안을 걷기로 되어 있었다. 새벽 4시가 넘

어가자 A는 덜컥 겁이 났다. 이러다 괜히 송장 치르는 거 아니냐? 천막 안쪽이 어두워서 중간에 자빠지기라도 했으면? 140년 전에 태어났다고? 그가 살던 마을에는, 아무도 만나지 않고 십 리를 걸으면 살아서 미래세(未來世)를 보게 된다는, 누구도 믿지 않는 전설이 있어…… 그렇게 들키지 않고 걸었더니 100년이 훌쩍 흘러 버렸고…… 과거로 돌아가려면 다시 십 리를 혼자서 걸어야……. 이런! 미친 늙은이 말에 내가! 혼자 중얼거리던 A가 인부들을 향해 버럭 소리쳤다. 천막 열어! 뭐해! 모시고 나와!

노인은 어디에도 없었다. A는 천막을 해체하는 내내 인부들 사이에 섞여, 눈에 불을 켜고 노인을 찾아보았으나 결국은 헛일이었다. 그는 황급히 쪽지를 꺼내어 폈다.

딱 스물이었어. 아무에게도 들키지 않고 십 리를 다 걷자 갑자기 낯선 길이 펼쳐졌다네. 놀라웠어. 여기가 새 세상이다, 극락이다, 했지. 처음에는 거지꼴로 노숙하면서도, 꿈을 꾸듯, 그렇게 몇 주를 행복하게 살았어. 그러다가 여기가 천국도 극락도 아닌, 그냥 100년 후의 똑같은 장소라는 걸 알았다네. 그래서 신기한 물건이나 몇 개 집어서 슬슬 돌아가야겠다고 마음먹었지. 운 좋으면 그걸 비싸게 팔아 팔자라도 고칠 것 같았구. 그래서 매일 걷기 시작했어. 눈이 오나 비가 오나 하루에 한 번씩 빼먹지 않고 걸었어. 그런데 꼭 사람을 만나더군. 길에서는 꼭 사람을 만났어. 통금을 어기고 나갔다가 갇히기도 했고 두들겨 맞기도 많이 맞았지. 그렇게 정말 40년을 매일같이 걸었다네.

　　나중엔 매일같이 남을 미워하며 살았다네. 40년 동안. 나를 쳐다보는 모든 사람들을 죽도록 미워하면서. 남자든, 여자든, 어린애든, 나를 쳐다보면 그 누구라도 죽이고 싶었어. 만나는 모든 사람을 미워하게 되는 생활을 상상해 봤나? 그날도 나는 자네를 미워하면서 자네를 구했네. 자네와 눈이 마주치자 자네가 죽었으면 좋겠다고 생각하면서 자네를 살린 거야. 미안하네. 정말 미안해. 나는 내 부모보다 늙고 병 들어서 고향으로 돌아가네. 돌아가는 게 무슨 소용이 있겠나. 그래도 돌아가야겠네. 어린 부모와 고향 사람들에게 그냥 눈을 맞추고 인사해 보고 싶어. 내 말을 믿어 줘서 정말로 고맙네.

좋은 친구

술집의 구석 테이블에 앉아 졸고 있던 림은 어깨를 쓸어내리는 깃털처럼 부드러운 손길을 느꼈다. 그는 자신을 깨운 훤칠한 남자를 충혈된 눈으로 올려다보았다. 림은 반쯤 채워진 자기 머그잔을 마저 채운 뒤 그 남자의 잔에도 맥주를 가득 따랐다. 아아, 미안. 자네 말이 맞아. 친구도 못 알아볼 만큼 마신 거지. 근데 어떻게 알고 찾아왔나? 내가? 다섯 번이나 전화를 해? 둘은 마주앉자마자 가볍게 잔을 부딪쳤다. 그만 마시라는 말은 말게. 요즘 이렇게 마실 기회가 없었으니까. 리? 물론 잘 있지. 아주 잘 누워 있고말고. 교통사고로 척수가 손상된 된 아내 이야기에 림은 이내 우울해졌다. 그리고 곧 어제의 끔찍한 꿈이 떠올랐다. 실은 말이야, 내가 아내한테 정말 몹쓸 짓을 하는 꿈을 꾸었어. 자네는 알지? 내가 리를 얼마나 사랑하고 아꼈는지. 자네를 부른 것도 꿈 때문이라네. 빌어먹을! 림은 한 잔을 금세 비웠다. 아아, 그래, 가득. 고맙네. 자네처럼 잘난 친구는 이해하지 못할 거야. 비꼬는 걸로 들렸다면 미안하네. 내가 예민해서. 이해하지? 그나저나 자네는 정말로 잘생겼군! 의사에, 미남에, 아직 독신이긴 하지만 결혼하자고 매달리는 여자가 차고 넘치겠지? 아아, 화는 내지 말게. 하긴, 자네는 나한테 화내는 법이 없지. 누구한테든 그래. 아무리 봐도 현실감 없이 잘생긴 얼굴이야. 웃기는. 그렇게 부끄러워하는 얼굴에 여자들은 더 환장하지 않나? 진심으로 자네가 부러워. 우리가 붙어 다니던 대학 땐 나도 자네만큼이나 괜찮았는데 말이지. 그래서 리같이 아름다운 여자를 만난 거지. 림은 과거를 추억하자 조금 기운이 솟았다. 그는 술로 입안을 몇 번이나 힘차게 헹구고는 빈 술잔을 과장된 동작으로 테이블 위에다 쾅, 하고 놓았다. 우린 정말 빨리도 마시는군! 아아, 오늘은 내가 낼 테니 얼마든지 마시라고. 내가 자네 고집을 꺾을 수 있을지는 잘 모르겠지만 말이야. 자네는 고집이 세지. 옛날부터 그랬어. 아무리 꾀어도 도서관에 꼼짝 않고 틀어박혀 있었으니까. 그런데 말이네, 자네가 그렇게 공부하는 동안 나는 실컷 놀았기 때문에 리를 만날 수 있었어. 아름다운 리. 얼굴도 얼굴이지만 길고 매끈한 다리가 정말 끝내줬지. 지역 최고의 웨이트리스가 내 아내가 되다니! 못 배운 게 흠이지만, 그땐 자네도 부러워하지 않았나? 자네도 얼굴이 빨개지는군! 리는 자네를 알고 있었어. 그날 밤 우리가 함께 그 술집에 들렀더라면 십 년째 리의 똥과 오줌을 닦고 있는 건 자네였을지도 몰라! 아아, 화는 내지 말게. 옛날 생각에 조금 들떠서 아무 말이나 지껄이는 거니까. 자기 아내를 그런 식으로 말하는 건 옳지 않아. 하지만 만약에 말이야, 아내가 멀쩡했다면, 그래서 자네가 자주 드나들었다면, 아내는 자네한테 홀딱 빠졌을 거야. 림은 친구의 눈치를 잠시 살피더니 다시 한 잔을 비웠다. 그리곤 이내 꿈꾸는 듯한 눈빛이 되어 중얼거렸다. 내가 하고 싶은 말은 하나야. 내가 리를 얼마나 사랑하고 아꼈는지. 첫 데이트였어. 나는 리에게 싸구려 잡지에서 읽은 '게슈탈트 붕괴'에 대한 이야기를 꺼냈지. 같은 단어를 반복해서 말하다보면 그 단어의 뜻을 잊게 된다는. 그걸 과장해서 얘기하자 얼마나 신기해하던지! 자네같이 똑똑한 친구랑 붙어 다녀서 내가 바보천치나 다름없이 취급받기도 했지만, 생각해 보게! 첫 데이트에서난 그녀의 눈에서 존경심을 봤어! 그리고 어떻게 됐는지 아나? 나는 이렇게 말했네. '자, 이제 자기 이름을 계속 발음해 볼래요? 그럼 자기가 누군지 알 수 없게 된다고! 자자, 무서워하지 말고 해봅시다. 다시, 다시!' 그녀는 몇 십번이나 자기 이름을 말하더니 갑자기 울음을 터뜨렸다네. 어쩐지 정말로 무서워진 거지. 리는 훌쩍거리면서 내 팔에 매달렸어. '림, 림! 무서운 꿈처럼 느껴져요.' 나는 좀 우쭐해져서 그녀를 달래주었어. 그리곤 자리를 옮겨, 우리는 첫 데이트에서 열정적으로 해버렸지! 자네 또 얼굴이 빨개지는군. 빌어먹을! 그렇게 부끄러워하는 얼굴에 여자들은 더 환장하지 않나? 자넨 지나치게 점잖아. 우리가 붙어 다니던 대학 때는 나도 자네만큼이나 부끄러움을 많이 탔지. 그런데 친구, 그 점잖은 것, 부끄러운 것 같은 거 말이네만, 상황이 변하면 그걸 챙길 도리가 없다네. 리는 결혼하자마자 사고로 누웠고 난 십 년째 그녀의 수발을 들고 있어. 처음 일 년 정도는 나도, 리도 부끄러워했지. 하지만 똥오줌 묻은 기저귀를 갈고 그녀의 짓무른 등에 욕창 연고를 발라주다 보니 우리 관계에 점잖음 같은 건 다 사라졌어. 자네, 누운 사람을 뒤집는 게 얼마나 힘든지 아나? 연필처럼 마른 여자 엉덩이와 허벅지가 얼마나 흉한지? 조금만 지나면 욕정 같은 건 상상도 못해. 어제 그런 꿈을 꾼 게 무리는 아니지. 림은 큰 소리로 종업원을 불러 술 몇 병을 더 주문하였다. 빌어먹을! 십 년이야! 꿈에서 나는 리의 목을 졸랐어! 가는 목이 부러지며 침대 시트 속으로 처박히는 걸 느꼈다고! 림은 두 손으로 몇 번이나 마른세수를 하고는 다시 잔을 채웠다. 이유가 뭐냐고? 꿈은 이성적이지 않아. 하지만 자네가 날 경멸할까 봐 말하기가 두려워. 아무리 꿈이라지만 멍청한 이유였으니까. 상관없다고? 하긴, 자네는 날 경멸한 적이 없지. 누구한테든 그래. 아무리 봐도 현실감 없이 잘생긴 얼굴이야. 웃기는. 그렇게 부끄러워하는 얼굴에 여자들이 더…… 아아, 이유? 꿈이 뭐가 중요하다고. 그게 실은…… 똥 냄새 때문이었어! 직장에서 돌아와 방문을 열었는데 리가 문득 내게 말하더군. '림, 당신을 너무 사랑해요. 키스해 주겠어요? 그 말을 듣자 나의 메마른 감정에서 무한한 동정심이 샘솟더군. 게슈탈트 이야기에 울어버렸던 그때의 사랑스러운 여자가 떠오른 거야. 나는 눈물을 쏟으며 리에게 다가갔다네. 어두워서인지 그녀의 이마와 가슴에도 봉긋하게 살이 오른 것처럼 보이더군. 첫 데이트 때처럼! 몇 년 만에 몸이 달아올랐어! '림, 림! 무서운 꿈처럼 느껴져요.'라고 흐느끼며 내 팔에 매달리던, 그 부드럽고 말랑말랑한 리가 내 앞에 누워있었다니까. 나는 떨리는 입술로 그녀에게 입 맞추었지. 그런데 그때! 이불 밑에서 지독한 구린내가 올라오는 거야! 더럽고 지긋지긋한 그 냄새! 짓무른 살에 비벼진 똥! 똥! 순간 그녀의 이마와 가슴은 푹 내려앉았고 나의 흥분은 걷잡을 수 없는 분노로 바뀌었다네. 더러운 년! 그날 밤 내 친구와 함께 그 술집에 들렀더라면! 십 년 넘게 네 년의 똥과 오줌을 닦고 있는 건 내가 아니었겠지! 세상에 이렇게 멍청한 우연이 있다니! 말을 마치자 림은 끝내 오열하고 말았다. 림은 어깨를 쓸어내리는 깃털처럼 부드러운 친구의 손길을 느꼈다. 아아, 자네 말이 맞아. 자네 탓이 아니지. 그런데 자네 목소리가 너무 울리는군. 크게 말해보게. 여행? 이 상황에 여행이라니! 크게, 더 크게 말해야 들려. 림은 훤칠한 친구를 충혈된 눈으로 쳐다보았다. 너무 작은 목소리였다. 친구가 정사각의 유리 상자 속에 앉아 있는 것처럼 느껴졌다. 림은 더욱 귀를 기울였다. '세계는 둥글지 않다. 세계는 평평하며 땅끝에는 바다가 있고 바다가 끝나는 곳엔 낭떠러지와 폭포가 있다. 우리는 그것을 확인하려고 여행을 떠난다.' 이보게, 천동설 같은 거 말인가? 지금 누가 그런 걸 믿어? '좀 이상한 친구로군!' 림은 이 관용구 같은 말을 떠올리고 나서야, 실은 자신이 그 이상한 친구의 이름조차 모른다는 사실을 깨달았다. 림은 집으로 돌아가 확인해 볼 것이 있다고 생각하였다. 이 모든 게 무서운 꿈처럼 느껴졌기 때문이다.

장성욱 후보작 최국희 약국

1983년 서울 출생. 서울예술대학 졸업. 명지대 문예창작과 석사.
2015년 『조선일보』 신춘문예 단편 등단. e—mail : lounnico@naver.com

최국희 약국

돌이켜 생각해보면 최국희 약국의 딸년은 꽤나 되바라진 계집이었다. 제 어미 약국에 읍내의 총각이며 유부남 할 것 없이 죄다 들락거리며 추파를 던져대다가 들켜 읍내 여자들에게 머리끄덩이를 붙잡히고 한바탕 사단이 났던 다음날에도 계집은 당당했다. 논두렁을 따라 가는 등굣길에 저만치 걷고 있던 계집을 보고는 한달음에 달려갔다. 계집애는 내가 옆에 온 것을 알면서도 모가지를 꼿꼿이 세운 채로 앞만 보며 걷고 있었다.

"니 괜찮나."

"내사 아무렇지 않다."

나는 잠자코 계집의 얼굴을 바라보았다.

전날에 최국희 약국을 향해 달려간 여자들 무리에는 우리 엄마도 있었다. 아버지는 최국희 여사로부터 받은 물건이라곤 박카스 한 병 밖에 없다며 한사코 손을 내저었다. 요는 손끝 하나라도 건드려 봤으면 억울하지는 않겠다는 말이었다. 박카스 겉면에 적힌 피로회복, 자양강장제라는 말이 엄마의 화를 더욱더 돋우었다. 피로한 일도 하지 않았다면서 피로회

복제를 샀을 리가 없다는 것이 엄마의 말이었다. 나는 고개를 끄덕였다. 상당히 일리가 있는 주장이었다. 엄마는 냉장고를 열어 안에 있던 박카스 병들을 꺼내 냅다 아버지를 향해 던져 댔다. 언제부턴가 아버지가 사다 나른 물건들이었다. 아버지는 그중에서 다섯 번째 병을 맞고 쓰러졌다. 평소 몸이 둔한 그로서는 꽤나 열심히 피한 것이었다. 나는 거실 한구석에 쭈그려 앉아 아버지가 비틀거리며 쓰러지는 모습을 지켜보았다. 신음과 함께 아주 천천히 무너지는 그의 모습은 뭐랄까, 평소에는 찾기 힘든 엄숙한 비장미가 있었다. 아버지의 입술 끝에서 신음이 터져 나왔다. 엄마는 아버지의 졸도에도 아랑곳하지 않고 밖으로 뛰쳐나갔다. 모르긴 몰라도 그날 최국희 여사의 머리칼 중에 상당량은 엄마의 손에 들어갔을 것이다. 벽에 기댄 채로 쓰러져있던 아버지가 손을 들어 전화기를 가리켰다. 검지 끝이 미약하게 떨리고 있었다. 나는 아버지께서 하고 싶은 말씀이 있을 것이라는 생각에 머리맡으로 가 귀를 기울였다. 야 이 덜떨어진 종자야, 일일구, 일일구에 전화 좀 해야지 안켔나. 느이 아배 디진다 문디야. 그제야 의도를 알아챈 나는 전화기를 들었다. 등 뒤에서 아버지의 목소리가 들려왔다. 그래, 옳지 옳지, 일 누르고 기다리, 기다리 다시 일 누르고 옳지, 옳지 구 번 누르고. 번호를 하나하나 누르면서도 내 머릿속에서는 계집의 얼굴이 떠나지 않았다. 계집도 나처럼 약국 구석에서 최국희 여사가 동네 여자들에게 조리돌림을 당하는 모습을 지켜봤을까. 오로지 그런 생각뿐이었다. 이윽고 도착한 구급대원들이 아버지를 부축해 나갔다. 구급차에 탑승할 수 있는 흔치 않은 기회였기에 나는 뒤를 따라 밖으로 나왔다. 과연 집 앞에는 구급차가 서 있었다. 두근거리는 마음으로 차에 오르려는 나를 구급대원이 안아서 다시 내려놓았다. 못내 아쉬웠다. 어째 아배는 내 인생에 단 한 치도 도움이 안 되노. 내 말을 들었는지 못 들었는지 구급차 문이 닫히는 사이로 아버지의 목소리가 들려왔다. 야이 문디야 니 어매, 어매한테 퍼뜩 병원으로 뛰오라케라. 내사 죽어 삔다고, 이기 살인 교사라고. 죽어가는 사람치고는 꽤나 우렁찬 목소리였다. 살인교사라니. 아버지는 저도 모르는 말을 알 수 없는 타이밍에 섞어 쓰는 특별한 재주가 있었다. 약국에 가서 계집의 얼굴을 바라볼 기분이 도무지 아니었으므로, 나는 도로 집에 들어와 거실을 치웠다. 니 밥은? 저녁이 다 되어서야 돌아온 엄마가 물었다. 나는 고개를 저었다. 엄마가 안방에 소반을 폈다. 나는 상 앞에 앉아 만화영화를 보았다. 당시 유행하던 로봇 만화였다. 아들. 부엌에서 엄마의 목소리가 들려왔다. 한참을 만화에 빠져있던 나는 대답하지 않았다. 아들, 니 듣고 있나. 우리 둘이 살까. 엄마의 말투가 심상했으므로 나는 저도 모르게 응, 이라고 대답했다. 밥상머리에 앉아 밥을 먹다말고 불현듯 계집의 얼굴이 다시 떠올랐다. 어매. 엄마는 젓가락으로 멸치볶음을 집은 채로 나를 쳐다봤다. 어매, 주희는 잘 있드나? 엄마는 한참 내 얼굴을 보다가 말했다. 주희가 누고, 근데 이 화상은 어디 갔노. 계집의 이름은 주희였고, 화상은 아마도 아버지였다. 나는 그제까지 보고 있던 텔레비전에서 시선을 떼고 엄마를 바라보았다. 아배는 어매한테 뱅 처맞아가 뱅원에 실리 갔지. 살인교사라 카던데. 엄마가 들고 있던 젓가락을 밥상에 팽개쳤다. 멸치볶음이 공중으로 튀며 입고 있던 옷 위로 날아들었다. 이 문디 새끼야 니 뭐라케쌌노. 뭐가 어쩌고 어째? 뱅원 어데? 나는 모르겠다는 뜻으로 고개를 내젓고는 다시 밥을 한술 떴다. 갑자기 엄마가 내 등짝을 후려쳤다. 니는 니 아배가 뱅원에 실리갔는데 지금 밥이 맥히나. 사래가 들려 기침을 하는 나를 내버려두고 엄마는 밖으로 뛰어나갔다. 하여간 바쁜 엄마였다.

옆에서 걷고 있던 계집이 보이지 않았다. 뒤를 돌아보니 계집은 어깨에 멘 책가방 끈을 양손으로 꼭 움켜쥐고는 길 위에 멈춰있었다. 나는 계집의 눈치를 살피며 다가갔다. 가까이서 보니 계집의 눈에 눈물이 그렁그렁 맺혀있었다. 그 모습을 보니 갑자기 누군가 심장을 꼭 움켜쥐었다 놓은 것처럼 아릿했다. 계집이 나를 향해 신경질적으로 고개를 돌렸다.

"느그 아버지는 뱅신이다. 울 어매가 그랬다카이."

그렇게 말하는 계집의 왼쪽 눈에서 눈물이 한 방울 떨어져 내렸다. 나는 물끄러미 계집의 눈을 바라보았다.

"웅, 맞다. 내도 안다."

달리 어떤 대답도 할 수 없었다. 며칠 뒤에 계집은 전학을 갔고, 최국희 약국은 문을 닫았다. 정말 되바라진 계집이 아닐 수 없었다.

유재영 후보작 증강현실
1981년 서울 출생. 고려대 문예창작학과 졸업. 2013년 『세계의 문학』 소설 부문에
단편 「똥」이 당선되어 등단. e—mail : flowerankara@naver.com

증강현실

알람음에 깨어나면 어김없이 침대 끝에 네가 앉아 있었다. 내가 기척하면 너는 가만히 본 것들을 말했다. 옥상 난간 끝에 서 있는 아이를 올려다보는 시선이라든지, 기울어가는 건물에서 붕괴를 기다리는 부부의 나란한 어깨, 심야의 도로를 횡단하는 고양이에게 드리운 헤드라이트 불빛, 불어난 빗물에 떠다니는 개의 등에서 시작하는 이야기였다. 하나의 세계가 오롯이 닫히는 장면이었다. 너도, 나도 할 수 있는 일은 없었다. 그저 본 자로서, 듣는 자로서 이야기할 뿐이었다.

그 일이 지금 네가 겪는 일과 관련이 있다고 보긴 어렵다. 네가 사고를 당한 것은 지난봄이었다. 나는 먼저 퇴근해 집으로 왔다. 저녁 10시에 한 번, 11시에 다시 한 번, 네게 메시지를 남겼지만, 너는 회신하지 않았다. 전화를 걸어도 연결음만 흐를 뿐 네 목소리는 들을 수 없었다. 택시를 타고 네 직장으로 향한 건 자정 무렵이었다. 너는 회사 근처 주택가 골목에서 발견됐다. 새벽녘이었다. 네 몸에는 아무런 흔적이 없었다. 어딘가에 긁힌 상처나 멍 자국조차 없었다. 경찰관은 길을 걷다가 쓰러졌을 가능성을 말했다. 빈혈이나 간질의 징후를 확인하는 일이 수사의 전부였다. 병실로 자리를 옮긴 너는 줄곧 잠들어 있었다. 나는 아침이면 습관처럼 깨어나 침대 끝을 살폈다. 금방이라도 네가 일어나 이야기할 것 같았다. 담당 의사는 네가 깨어나기를, 스스로 입을 열기를 기다리는 방법밖에 없다고 했다. 그동안 꽃이 졌다. 이른 장마가 왔고, 여느 해와 다름없는 폭염이 시작됐다. 거리의 색이 변했고, 드물게 눈이 내렸다.

　　나 역시 보기 시작한 건 비교적 최근의 일이다. 흔들리는 지반 위에서 아들을 찾는 남자의 손짓과 마지막 편지를 적어 내려가는 이의 그림자, 폐쇄된 지역의 동물들에게 먹이를 주는 젊은 여자와 돌아오지 못하는 아이들의 뒷모습. 너의 기척이 없어도 나는 이야기할 수밖에 없다. 이 일이 지금 네가 겪는 일과 관련이 있다고 보긴 어렵다. 다만, 우리가 함께 보았다는 것을 알 뿐이다.

박성준 후보작 두부의 취향; 태내胎內 상상

1986년 서울 출생. 2009년 『문학과 사회』 시, 2013년 『경향신문』 평론 등단.
시집 『몰아 쓴 일기』. 박인환문학상 수상.

두부의 취향; 태내胎內 상상

내 아버지는 콘돔공장 노동자였다. 다 미군들을 위한 짓이었다. 건너 마을에 태정산을 허물고 미군 부대가 들어서자 부대를 에워싸는 기름때처럼 무더기로 양갈보 골목이 돋아났다. 나라가 하는 일에 반기도 들지 못하고 쉬쉬하며 못 살겠다던 소문이 거리를 배외했다. 그리고 태정산 산자락에 몇몇 집들은 보상을 받자 한 동안 쌩글거리다가 이곳을 떴다.

그때 내 시골집에도 멀쩡한 논에 포장도로가 깔린다는 소문이 돌았을 것이다. 미군 장갑차에 들썩거리던 땅. 그럼에도 아랑곳하지 않고 마냥 신이 나서 미군이 들어오니 하이칼라 불이 읍내가 가득하다고 어깨를 으쓱거리던 아버지는 들고 있던 낫을 놓고 공장으로 갔다. 당시 집안 사정이라 해도, 지금으로 따져 기계도 들어가지 못하는 땅을 겨우 부쳐 먹었던 처지였겠지만 땅을 받아먹고 사는 놈이 땅을 떠난다니, 할아버지는 좀체 분을 풀지 못하셨을 것이다.

그래도 어찌어찌하다 어쩌겠는가. 이윽고 아버지가 공장에 출근을 하시던 날, 아버지는 처음으로 여자의 음부를 목격했다고 한다. 공장에 가려면 늘 미군부대를 끼고 돌아 코피를 판다는 다방 골목도 지나야 하고, 매혈을 요구하는 위생병원도 지나 맞은편에 두고 몇 양갈보 길까지 걸음을 재촉했어야했는데 그 길이 문제였던 것이다. 갈보 길에는 밤을 마감한 갈보들이 가랑이를 벌리고 뒷물을 하고 있었다. 마침 아버지는 거기서 쪼그린 한 갈보와 눈을 마주친 것. 그것은 다였다.

길 저편과 이편이 모두 갈보들이라 너나 할 것 없이 미닫이 문을 열어 놓고 뒷물을 하는 탓에 아버지의 거웃은 비쭉 반응했고 그 반응에 내성이 생겼을 즈음에는 아버지는 이미 고급형 콘돔에 주름을 잡아주는 베테랑이셨다고. 읍내에 미군부대에 있는 공장이 뭔 놈에 공장인지 알 턱이 있었겠는가. 갈곳이 없었으니 공장으로 갔고 공장으로 들어서는 길이 그뿐이니 갈보 길을 거닐었던 것을.

"엄마 얏! 니 이 새끼 뭐얏."

아버지에게 첫 음부를 내어준 갈보의 그것은 털이 많고 대음순이 두껍고 풍성한 모습이었다는데, 아버지의 기억은 생생하다. 그래도 제법 그 갈보에게 오가던 양키들이 많아 소음순은 식물의 시든 이파리처럼 쭈글쭈글하고 주름이 많고 검정도 남달리 깊게 착색되어 있었다고 한다. 그러고 보면 이런 말까지 해주신 내 아버지란 분은 참으로 강하거나 어쩌면 고맙다. 그것이 증오였는지 사랑이었는지 모를 만큼.

콘돔공장의 일은 단순 노동이었다. 원료를 섞고 주물에서 떼어내고 기름을 바르고 그것을 형틀에 끼워 또 말고 포장하는……

"농사보다는 쉽더구나. 그게."

"그래요? 음 그럴 것 같네요."

"콘돔 안에 발라져 있는 정충약이 뭘로 만들었는지 아니?"

"정충약이요? 그게 뭔데요. 혹시 살정제 말씀하시는 거예요."

"그때 우린 정충약을 속기름이라고 불렀었지. 안에 기름을 바른다고 해서……. 겉기름은 정말 기름통에 내가 손을 담가서 콘돔 겉에 바르는 것이었고, 속기름은 콘돔을 형틀 위에 끼우기 전에 바르는 기름이었단다. 그게 정충약이라는 걸 나중에야 알았는데 그게 시큼한 것이 된식초물에 빨래를 불려놓은 냄새 같더구나. 언젠 궁금해서, 음 술 먹고. 형틀을 핥아본 적이 있었는데 딱 그 맛이야. 제 것을 죽이려면 꼭 그 정도는 독해야 하는 것인 게지."

"술은 왜 드셨는데요?"

나는 아버지가 공장에서 일을 배우면서 형틀에 끼워진 콘돔을 최초로 말아본 그 손을 상상했다. 백인 공장장에게 알아듣지도 못하는 핀잔을 들으며 잘 말리지도 않는 콘돔을 두 손에 모아, 들어 올리듯 마는 모습. 그러다가 점차 가속이 붙어 실리콘 오일이 가득 담긴 양은통에 왼손을 듬뿍 담그고, 밋밋한 콘돔 겉에 기름을 바르고 있는 한 노동자의 무심한 표정이 지나간다.

미래에 누군가의 몸속을 휘젓고 있을 저 손자국을 생각한다. 그러다가 다시 콘돔 포장지를 이빨로 물어뜯고 아버지가 어머니에게 달려드는 모습. 내가 아주 작았을 때 콘돔 속에 가득한 냄새였을 때 속기름과 만나 시큼해지는 상상을. 그러다가, 그러다가 아버지가 쓰다만 연애편지의 비문들이 내 몸이었다가 아버지가 보고 베낀 김소월의 시가 내 몸이었다가 사람이여, 사람이여 하는 시구가 내 몸 곳곳에 덕지덕지 달라붙어, 콘돔에 가득 입김을 불어넣고 순진하게 아주 천진하게 다시 첫 출근 날. 아버지와 눈을 마주친 여자가 지나간다. 가웃을 단단하게 했던, 아버지에게 첫 음부를 선사한, 아니 선사할 갈보에게 콘돔으로 분 풍선을 둥실둥실 들고 다가가는 아버지를 상상한다.

"춘분씨, 제가 풍선공장에 다니고 있어요."

"뭐 이런 미친 새끼가 다 있어."

갈보에게 콘돔으로 분 풍선을 건넸던 아버지는 정말로 콘돔공장이 풍선공장인 줄만 아셨다는데 다만 나는 믿기가 어렵다. 춘분씨가 아니라 연분씨일지 귀분씨일지 알게 뭐람. 아니 이 철장 속에 아비가 내 아비인지 나는 장갑차를 모는 어느 양놈의 자식인지 알 턱이 없다. 혹여 그렇다. 나는 아버지가 핥아본 그 남근 형틀의 자식일지도 모를 일이다. 추론해보자. 딱딱한 플라스틱 재질을 노동자들이 노동을 위해 흥분시킬 때마다 불근불근 솟아난다. 필요한 시일이 지나고 그때부터 소문이 돈다. 플라스틱을 몸에 들이면 생에 한 번도 경험한 적 없는 오르가슴을 맛 볼 거라고. 이제 미군 부대에 어느 음탕한 여자였던 내 어미가 몰래 불 꺼진 공장에 들어와 그 형틀로 자위를 한다. 아버지는 야근을 하다가 씻고 가야지하는 생각에 어두운 공장을 배회했던 우연으로, 음탕한 갈보와 마주한다. 이미 어느 정도 성욕을 충족한 형틀 위에 갈보를 아버지는 작업대에 눕히고 교배를 시작하는 것이다. 그때 그 사건. 충동이었을까. 사랑이었을까. 아님 서로 플라스틱 형틀에게 입 구멍인지, 밑구멍인지 몸을 건네주었던 동변상련의 연민일까.

어디까지나 상상이다. 내 곳이 없어 내 것일 수 있는 상상.

"그러게 왜 술을 드셨어요?"

"아이고 참말로, 왜긴 왜야. 풍선 한 다발을 들고 갔는데 니 애미가 때리고 지랄하고 난리라서 그랬지."

아버지는 그 말을 두고 다시 철창 안으로 들어가셨다. 짧지 않은 면회였지만 번번이 내가 아버지와 면회를 하러가는 날이면 간수들의 귀가 쫑긋해졌다. 처음에는 몇 번씩 간수가 바뀌다가 내가 면회를 온다고 치면 짬이 높은 간수가 늘 그 자리에 앉아있었다. 간수 자식도 어머니가 있을 텐데 남의 어머니가 갈보라는 게 뭐 그리 즐거운 얘기라고.

감호소를 나와 걸었다. 마냥 걷다보면 가게가 나오고 가게에는 늘 두부가 준비되어 있다. 그 옆에는 순두부집이 있다. 나는 아버지를 만나러 오는 날마다 여기서 순두부를 먹는다. 순두부집 늙은 여자는 화장이 짙고 눈썹문신만 진하다. 모든 얼굴이 아래로 쏟아져 있다. 저 눈썹이 억지로 시간을 붙잡고 있는 것만 같아서 들어 올려주고 싶은데 나는 숟가락으로 순두부만 한 술 뜬다. 혀를 도는 말랑말랑 으깨지는 촉감. 저 늙

은 여자의 무너진 자궁에 왔다간 사내들은 몇 명일까. 두부 한
술 뜨다 말고, 고춧가루가 걸려 목이 컥컥하다.

나경화 후보작 강남대로

1982년 출생. 한국예술종합학교 영상원 영화과 졸업. 2012년 「문학사상」신인상에
단편 「이태원꽃」이 당선되어 등단. 2015년 단편 「쿄ㅇ쿄ㅇ」 문학나무 젊은 소설 선정.
2015 한국문화예술위원회 차세대 예술인력 육성사업 문학 분야 1, 2차 선정.
e-mail : ythph@hanmail.net

강남대로

181125. 버스카드 단말기의 붉은 디지털 숫자가 현재 시분 초를 알렸다. 강태가 모는 진하운수 402번 버스가 제자리에 멈춰선 지 15분이 지났다. 강남대로 왕복 10차선이 극심한 체증을 빚고 있었다. 퇴근 시간인 데다 노점상 철거시위가 겹친 것이 원인이었다. 승객들이 이내 체념한 듯 거북이걸음 하는 버스의 차창 밖으로 하나둘 시선을 돌렸다. 강태도 사파리 구경하듯 유리 밖 세상을 관망하기 시작했다.

민주노총전국연합 단결투쟁이라고 쓰인 트럭에서 쏟아져 내리는 남자들과 검은색 강남구청 후드티를 맞춰 입은 마스크들이 한데 뒤엉켜 거리는 일대 혼란이었다. 앞치마를 두른 노점 상인이 불붙은 LPG 가스통 밸브를 독사 대가리처럼 움켜쥔 채 휘두르며 잔뜩 오므리고 있었고, 진압조를 앞세운 철거조 마스크들이 주황색 노점 마차에 기어 올라가서 커터칼, 철근절단기, 손망치로 신속히 지붕을 뜯어 내리고 있었다. 한국진보연대 깃발이 거리마다 높게 나부꼈고, '잊지 않겠습니다 세월호', '경찰은 해산, 송전탑은 해체' 펼침막이 가로수에 걸려서 펄럭거렸다. 엎어진 호떡 가루가 흙먼지처럼 피어올

랐고, 떡볶이 국물이 공사 중인 보도블록 틈새로 줄줄 흘렀다. 사람들이 지하철 환풍구에 올라서서 철거현장을 스마트폰으로 찍어댔다. 경적 소리에 앞을 보니 전노련 트럭이 강남대로를 가로로 막아 서 있었다. 트럭 연단에 오른 전노련 간부가 확성기로 뭐라 악썼지만, 고래고래 울려 퍼지는 단결투쟁가와 닭장차를 에워싸고 빙빙 도는 풍물패의 꽹과리 소리에 그만 파묻혔다. 사망 노동자의 영정사진을 높이 치켜들고 삼베옷을 입은 채 삼보일배 중인 노조원들이 도로를 점거하자 버스 맨 앞자리의 중년 여자가 차창을 열고 '바빠 죽겠는데 뭐 하는 짓이냐' 며 짜증을 냈다.

"아저씨, 여기서 그냥 내려주세요."

짜증을 내던 중년 여자가 강태에게 말했다.

"안돼요. 여기서 못 내려요."

소방차, LPG 가스 트럭, 구급차, 승용차, 버스, 중국 관광객을 실은 여행사 버스가 한데 뒤엉켜 오도 가도 못했다. 철거현장 반대편으로 고개를 돌리니 대기업 옥외 전광판에서는 한 연인의 프러포즈 이벤트가 한창이었다. 거대한 하트 속에서 안경 낀 두 남녀가 웃고 있었다. 버스는 겨우겨우 밀면서 강남대로를 나아갔다. 가로수로 심은 이팝나무가 만개해 하얗게 일렁였다. 벚꽃은 진지 오래인데 〈벚꽃엔딩〉이 거리에서 속절없이 들려왔다.

교보 강남타워를 기점으로 혼란은 잦아들었다. 길고 긴 수평 이동 샷으로 찍은 엉터리 실험영화 한 편을 감상한 기분이었다. 승객 누구도 입을 열지 않았다. 다들 눈감은 채 묵묵히 서서 휘청거리기만 할 뿐이었다. 지는 해가 어둠에 녹아들고 있었다.

한남대교 북단에 들어섰을 때 승객들이 술렁였다. 강남역 시위 현장에서 지하철 환풍구에 올라가 구경하던 이십여 명의 시민들이 환풍구가 무너지는 바람에 지하로 추락했다고 뉴스 속보가 떴다. 잠실 어디선가 또 싱크홀이 뚫렸다고도 했다. 강태는 한강을 건너면서 섬과 섬 사이를 항해하듯 막막했다. 그 막막함은, 어느 날 느닷없이 이 세계의 이면으로 끌어당겨질 것만 같은, 허공에 떠 있는 듯한 아찔하고 기묘한 중력감 때문일지도 몰랐다.

191427. 버스카드 단말기의 붉은 디지털 숫자가 현재 시분초를 알렸다.

김금희 후보작 **아이리시 고양이**

1979년 부산에서 태어나 인천에서 성장. 2009년 『한국일보』 신춘문예로 등단.
단편집 『센티멘털도 하루 이틀』.

아이리시 고양이

우리는 공항에서 만나 버스를 타고 리피강 근처 Y의 집으로 갔다. Y는 일본인 K와 함께 작은 플랫에서 살고 있었다. 원래 알던 사이는 아니고 이 셋집에서 만났다고 했다. 고양이 한마리도 있었다. 아무리 불러도 오지 않는 고양이었는데 Y도 K도 자기 고양이는 아니라고 했다.

"여기서 내보내든, 주인을 찾아주든 해야 해."

Y보다 먼저 K가 이사 왔을 때도 고양이가 있었다고 했다. 그때 이 집에는 인도인 부부가 살았고 K는 그들의 고양이인 줄 알았다. 하지만 며칠 지나 인도인 부부가 이사 갈 때 고양이는 남겨졌고 뒤이어 이사 온 사람이 바로 Y였다. 좁고 비탈진 계단을 캐리어를 끌고 올라와 방으로 들어섰을 때 거기 고양이가 있었다. 당황한 Y를 대신해 K가 인도인 부부에게 전화를 걸어 주었다. 고양이를 데려가라고 하자 그들은 자기네 고양이가 아니라 "그냥 그 방에 사는 고양이"라고 했다. 자기들이 이사 갔을 때 이미 그 방에 살고 있었다면서.

집주인은 고양이에 뭐 그리 신경을 쓰느냐는 식이었다. 집고양이는 언제든 길고양이가 될 수 있으니 창을 열어놓으라고 했다. 아니면 보호소에 갖다 주던가. 날도 추운데 고양이 때문에 창을 열어둘 수는 없고—그렇게 해서 내쫓는 것이 아주 마음에 걸리고—보호소로 고양이를 옮기자면 캐리어나 목줄이 있어야 했다. 사람에게 절대 안기지 않았기 때문에 고양이를 들고 간다는 건 불가능했다.

Y는 내게 전화 받는 일을 맡겼다. 일단 고양이 주인을 찾기 위해 연락을 돌려놨으니까 그 전화를 받고 룸메이트를 찾는 광고를 해놓았으니까 그 전화도 받아달라고 했다. Y는 생활비를 아끼기 위해 자기 방을 또 누군가와 나눠서 살 생각이었다. "이 방에서?" 하며 나는 방을 둘러보았다. 침대에서 발을 뻗으면 창틀에 닿을 만큼 좁은 방이었다. "그렇게 나누지 않으면 살 수가 없으니까." 내가 그만 한국으로 돌아오라고 하자 Y는 거기는 좀 낫니? 하고 물었다. "아니." 나는 대답했다. "그런데 뭘 하러 돌아가?"

Y는 아르바이트를 두 개나 하고 있어서 언제나 바빴다. 그래도 여행인데 하루 종일 전화 옆에만 붙어 있었던 건 아니었다. 혼자 더블린 시내를 걷곤 했다. Y는 주말이 되면 더블린을 떠나 해안 절벽을 보러 가자고 했지만 내가 거절했다. 그냥 Y의 작은 플랫이면 충분했다. 그리고 여기를 나가 걸을 수 있는 이 오래된 도시이면 충분했다.

탤벗 가와 이어져 있는 얼 가에는 제임스 조이스James Joyce 의 동상이 서있었다. 관광객들이 자주 찾아서인지 동상 근처에는 가난한 예술가들이 심심치 않게 나타났다. 노래하는 청년들과 유명 그림들을 모사하는 청년들이 그곳의 터줏대감이었다. 인터넷 카페와 환전소, 중국어가 어지럽게 쓰인 정육점, 작고 허름한 카지노, 문 닫은 샌드위치 가게, 20유로에 묵을 수 있는 호스텔, 인도, 중국, 일본 요리를 다 맛볼 수 있다고 선전하는 싸구려 뷔페식당들. 횡단보도에는 차가 오는 방향을 알려주는 문장들이 쓰여 있었다. 오른쪽을 보시오, 왼쪽을 보시오. 한국과는 반대였다. 중국인, 인도인, 미국인, 프랑스인, 이탈리아인, 라트비아인, 브라질리언, 필리핀인, 콩고인, 나이지리아인, 파키스탄인, 시리아인, 탄자니아인, 몽고인, 방글라데시인, 남아프리카공화국인, 한국인. 그 문장이 필요한 사람들은 대부분 외국인들일 것이었다. 오른쪽, 왼쪽, 오른쪽, 왼쪽, 왼쪽, 왼쪽, 오른쪽, 왼쪽. 종일 도시를 돌며 오른쪽을 보시오, 왼쪽을 보시오,라고 써야 하는 페인트공은 좀 지긋지긋하지 않았을까. 하지만 그렇게 휘갈기듯 쓴 문장 없이는 도로 하나 건너기도 쉽지 않았다. 우리는 떠나온 사람들이기 때문이었다.

그러다 마침내 이 집에 살았다는 한 필리핀 여자에게서 전화가 걸려왔다. 그 고양이는 그녀와 함께 세 들어 살았던 흑인 남자의 것이라는 얘기였다. 이름을 물었지만 그녀는 이름은 기억하지 못했고 그 남자가 트리니티 대학 근처의 사무실에서 일했다고 했다. 그녀가 알려준 건물의 일층은 모든 책을 2유로에 파는 헌책방이었고 이층은 계단을 중심으로 양편이 사무실이었다. 사람도, 간판도 없어서 무슨 사무실인지는 알 수 없었다. 우리는 메모지에 만약 탤벗 가에 살았던 사람이 있으면 고양이를 찾아가라고 썼다. "그녀는 당신을 그리워하고 있어요!" 이 문장은 내가 썼고 "찾아가지 않으면 보호소에 맡길 예정임."은 Y가 썼다. 메모는 두 사무실에 모두 붙였다. 갑자기 소나기가 쏟아져서 Y와 나는 건물 밖으로 나가지도 못한 채 쪼그리고 앉아 비가 긋기를 기다렸다. 건물 안에 들어와 있는데도 빗줄기에 자꾸 신발이 젖었다. "왜 안 돌아와?" 내가 묻자 Y가 왜 돌아가야 하느냐고 되물었다. 하긴 그랬다. "넌 이제 한국 가면 뭘 하려고?" Y가 물었고 나는 마땅히 할 말이 없었다.

"잘은 모르지만 나빠지지는 않으려고."

"그래, 나빠지면 안 되지. 그거면 되지."

책방 주인이 나왔다가 우리를 보며 누굴 찾느냐고 물었다. 우리는 서로 얼굴을 마주 보고 풋, 웃었다. 우리가 누구를 찾고 있는지, 고양이의 주인이 정말 세입자 중 한 명이긴 한 것인지 알 수 없었다. 남자는 얘기를 듣고는 위층 사무실은 망명자와 갱단의 사무실이라고 말했다. 농담인지 진담인지 알 수 없었다. 돌아오면서 우리는 갱단과 망명자들 중에 누가 고양이 주인인 게 더 나쁘지 않을까 이야기했다. Y는 차라리 갱단이 나을 것 같다고 했다. 망명자들은 언젠가 더블린을 떠날지도 모르지만 갱단은 아이리시들일 테니까.

내가 더블린에서 돌아올 때까지 결국 갱단도 망명자들도 전화하지 않았다. 중간에 Y는 캐리어를 빌려주겠다는 어학원 친구를 찾아냈지만 보호소로 보내지 못했다. Y는 캐리어를 가져와도 고양이를 붙들 자신이 없다고 했고 K는 자기도 마찬가지라고 했다. 둘은 동시에 날 바라봤고 나도 고개를 저었다. 그렇게 해서 우리는 고양이 주인을 찾는 일을 그만뒀다. Y는 인터넷 게시판에 룸메이트를 찾는 공고를 다시 내면서 "일본인 1, 한국인 1 그리고 누구의 애완동물도 아니지만 여기 살고 있는 스코티시폴드 고양이 1. 한 달에 5유로씩 고양이 사료값으로 내야 함." 이렇게 썼다.

우리는 고양이에게 붙여줄 새 이름을 고민했다. 허나나 엔젤, 스타 같은 이름을 떠올려봤지만 썩 마음에 들지는 않았다. 이윽고 Y가 '아이리시Irish'로 짓자고 했다. 그러고 보니 이 집에서 진짜 아일랜드 태생인 건 고양이밖에 없었다. 누가 됐든 앞으로 들어올 룸메이트도 아일랜드 사람은 아닐 것이었다. 공항에서 Y와 헤어지면서 나는 친구들에게는 언제 돌아온다고 말할까? 물었다. Y는 커피를 홀짝거릴 뿐 말이 없었다.

"나빠지지 않겠다고 해. 어디서든 그러자고."

Y가 점퍼의 지퍼를 채우고는 내 어깨를 툭툭 쳤다. 게이트로 들어가기 전에 뒤를 돌아보니 Y는 벌써 대합실의 끝까지 걸어가고 있었다. Y, 하고 불러봤지만 그 말은 웅성거리는 외국어들에 다 파묻혀버리고 Y는 자기 이름을 들었는지 듣지 못했는지 끝내 돌아보지 않았다.

김지숙 후보작 모텔 '월드 365'
2009년 중앙신인문학상으로 등단했고,
쓴 책으로는 청소년 장편소설 『비밀노트』(2015)가 있다.
e-mail : angryinch@naver.com

모텔 '월드 365'

멀리서 본 모텔 '월드 365'의 외관은 휘황찬란했다. 크고 늠름한 건물에 조명을 드리워 멀리에서도 눈에 띄었다. 물론 대부분의 모텔이 그렇듯 가까이 갈수록 조악한 느낌이 들기는 했다. 모텔 내부 곳곳에 세워진 모조품 티가 나는 앤티크 장식품이라든지, 지나치게 화려한 르네상스풍 인테리어가 그랬다.

카운터는 칸막이 없이 호텔 리셉션 데스크처럼 뚫려 있었다. 젊고 생기발랄한 서너 명의 아르바이트생들이 카운터를 지켰는데, 서비스 교육을 철저하게 받았는지 시종일관 웃고 있었다. 리셉션 데스크 위에는 '월드 365'의 상징인 커다란 지구본이 올려져 있었다. 모텔은 세계 각국을 컨셉으로 해서 방을 꾸며놓았다고 했다. 이미 선택된 나라는 지구본 위에서 빨간색으로 바뀌었고, 아직 파란색으로 표시된 나라들만 선택할 수 있었다. 마치 모텔이 아니라 게임방에 온 것 같았다.

연인으로 보이는 두 쌍의 커플과, 관광객 몇 명이 줄을 서서 차례를 기다렸다. 우리 앞에 선 커플은 검은색 바탕에 'It's too hot!'이라고 흰 글씨로 쓰인 커플 티셔츠를 입고 있었다. 요즘 유행하는 티셔츠였다. 지구는 자꾸 더워지고 있었고, 이번 여름 열사병으로 죽은 사람의 수는 만 명에 가까웠다. 대부분 지붕 없이 태양 아래에서 일하는 사람들이거나 고령의 노인들이었다. 사람들은 에어컨이 나오는 실내로 숨었고, 거리는 멸망한 것처럼 조용했다.

'맞아, 더위도 너무 덥지.'

이렇게 생각하며 옆에 선 무초를 바라보았다. 햇빛에 그을린 얼굴, 단단한 어깨, 시간차를 두고 생긴 팔뚝의 흉터들을 차례로 보았다. 무초는 미동도 하지 않고 있었다. 불편해하고 있다는 뜻이었다. 모텔에 가서 자고 싶다는 나를 무초는 못마땅해했었다. 집을 두고 왜 모텔에 가서 자? 무초의 말에 나는 막무가내로 맞섰다. 집은 너무 더워. 오늘만큼은 꼭 다른 데서 자고 싶어. 무초는 정 그렇게 더우면 혼자 가서 자고 오라고 했다. 자신은 집을 지키겠다고 했다. 무초의 말에 정말 혼자서 잘 생각으로 그대로 집을 나와 버렸다. 한참 뒤에 뒤를 보니 저만치서 무초가 따라 오고 있었다.

어제, 무초와 내가 사는 집에 전력이 나갔다. 요즘 들어 잦은 일이었다. 누군가 사람이 없는 틈을 타서 방에 들어왔다. 그 누군가는 전기를 끊고, 벽에 목이 잘린 사람을 그려놓고, 냉장고에 있는 음식을 변기에 처넣었다. 용역업체에서 고용한 아르바이생들 짓이었는데, 요즘에는 고등학생들이 용돈벌이로 이런 일을 맡아 하고 있었다. 무초와 나는 일부러 엇갈리는 시간에 일을 해서 집을 비우지 않으려고 애썼지만, 결국 어제 놈들에게 당하고 말았다.

열대야 때문에 잠이 쉽게 오지 않았다. 전기가 끊긴 탓에 선풍기도 쓸 수 없었다. 분한 마음을 누르고 무언가를 해야 했다. 작동을 멈춘 냉장고에는 미지근한 맥주만 남았다. 우리가 할 수 있는 일이라고는 고작 맥주를 마시는 것뿐이었다. 맥주를 다 마셔버리고 취해서야 겨우 두어 시간 눈을 붙였다. 선잠이 든 무초가 잠결에 욕을 해댔다. 땀을 닦아주고 싶었지만 내 손도 축축했다.

지난 몇 년 간 주변에 있는 집들은 대부분 이사를 갔다. 친하게 지냈던 뒷집 가족도 둘째 아이를 임신한 뒤 떠날 곳을 알아보고 있었다. 우리도 어디론가 떠나는 게 나을 수도 있었다. 하지만 집에 무너지기 전까지는 우리에게는 집이 있고 아이스크림도 맥주도 사먹을 수 있었다. 단종된 냉장고와 자판 두 개가 빠진 노트북과 채널선택의 폭이 좁은 텔레비전도 한 대 있었다. 단지 지금 가진 것들을 더 좋은 것으로 바꿀 여유가 없었다. 이를테면 새로 나온 텔레비전을 사려면 맥주를 육 개월쯤 끊고 돈을 모아야 했다. 하지만 그건 거의 불가능에 가까웠다. 우리에게는 딱 오늘 마실 맥주를 살만큼의 돈만 있었고 그렇다면 맥주를 사는 수밖에 없었다. 게다가 이미 화질이 나쁜 텔레비전에 눈이 적응해 버린 터였다. 몇 번인가 내가 다른 곳을 찾아보자고 설득했지만, 무초는 태어나서 자란 이 곳을 떠날 생각이 없었다.

　집을 떠나는 대신, 무초는 옥상에는 원색의 옷을 걸어놓았다. 빨강, 노랑, 파랑, 초록, 멀리서도 보일만한 원색의 옷들을 걸었다. 이곳에 사람이 살고 있다는 증거였다. 햇빛에 바랜 옷들은 부서질 것처럼 바스락거렸다.

　무초는 분명 비어있는 집을 생각하고 있을 것이다. 나도 그랬다. 하지만 하룻밤 만에 집이 어떻게 되지는 않을 거라고 믿고 싶었다. 침묵을 깰 마음으로 무초에게 물었다.

　"어느 나라에 가고 싶어?"

　"뭐라고?"

　"방 말이야. 나라를 골라야 해."

　"아무데나 상관없어."

　실망스러운 대답이지만 티를 낼 수는 없었다. 당장 집으로 돌아가자고 할 것 같았다.

　"나는 북반구에 있는 나라였으면 좋겠어. 시원할 것 같잖아. 더운 건 정말 지겨워."

　하지만 유감스럽게도, 내 차례가 왔을 때, 북반구의 방들은 이미 다 나가고 말았다. 우리가 선택할 수 있는 건 인도, 이집트와 칠레뿐이었다. 순전히 여행 프로그램에서 여러 번 보았다는 이유만으로 인도를 골랐다.

　걱정과는 달리 인도방은 시원했다. 팔에 소름이 돋을 정도였다. 더블침대 하나와 화장실이 고작인 작은 방이었지만, 마름모꼴 무늬로 수놓은 태피스트리를 벽에 걸어 분위기를 냈다. 그 옆에는 장식품으로 보이는 인도의 악기 시타르도 걸려 있었고, 침대 위에는 전통의상 사리를 참고해 만든 듯한 실내 복 두 벌이 놓여 있었다. 화장대 앞에는 인도 잠언시집과 〈카마수트라〉도 눈에 띄었다.

내가 욕조목욕을 마치고 나올 때까지 무초는 침대에 걸터앉아 초조한 듯 핸드폰만 재차 확인하고 있었다.

"씻어. 물 받아뒀어."

"옆집 아저씨한테 연락을 해둬야겠어. 이상한 기미가 있으면 연락 달라고."

"집이 하루만에 사라지지는 않아."

"사람이 없을 때 집을 헐어 버리는 일도 있어."

"오늘밤은 아닐거야. 빨래를 잔뜩 널어놓고 왔잖아."

무초가 기가 막히다는 듯이 나를 봤다.

"그렇게 당하고도 그래? 사람이 없는 걸 귀신같이 알고 오는 놈들이야."

"딱 하루만이야! 우리 첫 여행이라고!"

결국 소리를 질러버렸다. '여행'이라는 단어가 어색했다. 이걸 여행이라고 부를 수 있을까. 우리가 사는 곳에서 고작 삼십 분 정도 떨어진, 다른 쪽 서울일 뿐이었다. 하지만 내 입에서는 저절로 여행이라는 단어가 튀어나왔다. 우리가 정말 인도에 온 것도 아닌데 말이다.

내가 소리를 빽, 지르자 그제서야 무초가 나를 봤다. 지난 오 년 동안 함께 살면서 내가 무초에게 소리를 지른 건 손에 꿈을 정도였다. 무초는 내가 아는 가장 너그럽고 듬직한 남자였다. 남자한테 지나치게 기대는 건 바보 같은 거라고, 어릴 때 돌아가신 엄마가 말했었다. 하지만 나는 무초에게 기대지 않고는 살 수 없다고 생각할 정도였다.

무초를 욕조 안에 억지로 밀어넣은 뒤, 차갑고 바삭거리는 침대시트 위에 누웠다. 천장에는 기하학적 무늬의 벽지가 발라져 있었다. 우리가 살던 집에는 천장에 유럽 해안가의 사진이 걸려 있었다. 대여섯 명의 사람들이 모래사장에 앉거나 누워서 일광욕을 하고 있는 사진이었다. 사진 아래에는 Silvermine Beach, 1994,라고 적혀 있었다. 그곳이 어디인지 몰라 유럽 어디쯤, 이라고만 짐작했다. 사진을 볼 때 누구를 먼저 보냐고, 무초에게 물은 적이 있었다. 무초는 오른쪽에 있는 가슴 큰 여자라고 답했다. 분홍색 비키니를 입고 옆으로 비스듬히 앉아 있는 여자는 한눈에 봐도 육감적이었다. 무초의 대답에 내심 섭섭했지만 나 역시도 그 여자에게 먼저 시선이 닿고는 했다. 곧 풀릴 듯 등 뒤로 아슬아슬하게 묶인 끈과 헝클어진 대로 멋스러운 머리카락이 매력적이었다. 가장 좋은 점은 막상 얼굴은 잘 보이지 않는다는 거였다. 내 멋대로, 나는 그 여자가 나라고 상상할 수 있었다.

막상 몸을 씻고 시원한 시트 위에 눕자, 무초의 기분도 나아진 듯 했다.

"이왕 이렇게 되었으니 오늘밤은 푹 자자. 어젯밤에 별로

못잤잖아."

무초가 말했지만 나는 이 시간을 잠으로 놓치고 싶지는 않았다. 나는 모텔 앞 편의점에 가서 캔맥주를 사왔다. 무초는 시원한 맥주를 보자 마음이 바뀌었는지 일어나 앉았다.

우리는 말없이 맥주를 몇 캔 마셨고, 나보다 술이 약한 무초가 먼저 취했다. 비로소 여유가 생긴 무초가 그제서야 방을 둘러보더니, 화장대에 놓인 인도시집을 집어들었다. 『수바시따』라는 잠언시집이었다. 무초가 아무데나 펼쳐서 낭독하기 시작했다.

나 아닌 것들을 위해/ 마음을 나눌 줄 아는 사람은/ 아무리 험한 날이 닥쳐오더라도/

스스로 험해지지 않는다/ 갈라지면서도/ 도끼날을 향기롭게 하는/ 전당향나무처럼

무초의 발음이 꼬일대로 꼬여서 알아듣기가 힘들었다. 그런데도 술 때문에 상기된 얼굴로 끝까지 진지하게 읽어나가는 무초의 모습에 나는 웃음이 터졌다. 나는 시집 옆에 있던 『카마수트라』를 펼쳤다. 요가강사가 아닌 다음에야 도무지 할 수 없는 자세들을 넘겨보며 우리는 킬킬거렸다. 내친 김에 우리는 침대 위의 맥주캔을 치워버리고 책에 나온 다양한 체위를 시도해 보았다. 하지만 모두 실패하고 결국은 가장 익숙한 자세로 섹스를 했다. 드디어 지친 우리가 시트 위에 몸을

던졌다. 가쁜 숨이 잦아들자 더위에 녹아 사라진 줄 알았던 감정들이 하나씩 다시 살아나는 느낌이었다.

나는 만약 오늘 밤 집이 무너진다면 어떻게 될까, 상상해보았다. 무초와 내가 지켜온 것들이 짓이겨져 알아볼 수 없게 된다면, 어떤 기분일지 상상했다. 무초는 잠이 들었는지 눈을 감고 있었다. 나는 천장의 기하학적 무늬에 시선을 고정하고 말했다.

"어제 집을 그렇게 만든 사람 얼굴을 봤어. 집에 혼자 있을 때 누가 방에 들어왔었어."

자는 줄 알았던 무초가 눈을 떴다. 무초가 무슨 말인가 하려다가 말았다. 나는 말을 계속했다.

"난 그 때 자고 있었어. 내가 머리 끝까지 이불 뒤집어쓰고 자는 거 너도 알잖아. 혼자 있을 때 무서워서 그런다는 것도. 그래서 나를 못 본 모양이야. 내가 깼을 때, 그 사람은 핸드폰 카메라로 자신이 한 낙서를 찍고 있었어. 그 사람이 전기를 끊고 벽에 낙서를 하고 냉장고의 음식을 모두 처넣은 사람이었어. 자기가 한 짓을 사진으로 찍어 증거로 남기는 중이었던 거야. 아마 용역회사에서 사진을 보여줘야 돈을 준다고 했겠지."

"그래서? 그게 끝이야? 그 새끼를 그렇게 내보낸 거야?"

"눈이 마주쳤는데, 어린애였어. 열일곱살쯤 되었을까? 몸은 컸지만 눈은 어렸어. 그 아이도 놀랐을 거야. 빈 집인줄 알았을 테니까."

"그래서 그게 끝이냐고?"

무초가 주먹을 꽉 쥐었다.

"그 아이가 나한테 다가왔어. 그리고, 왜그랬는지는 모르겠지만 갑자기 내 뺨을 때렸어. 그리고 웅크린 내 몸을 걷어찼어. 대여섯 번쯤. 그러더니 나갔어. 그게 다야."

무초는 쥐고 있던 주먹을 침대에 내리쳤다. 분을 삭히는지 얼굴이 붉게 달아올랐다.

"왜 나한테 말 안했어?"

"집을 지키지 못한 게 부끄러웠어. 그뿐이야."

나는 천장에 새겨진 무늬에 집중하려고 애썼다. 인도에 가면 여자들도 저런 아름다운 무늬의 옷을 입고 있을지 궁금했다. 집에 있는 유럽 어딘가의 해변가 사진도 떠올랐다. 햇빛을 두려워하기는커녕 즐기던 사람들의 얼굴을 떠올렸다. 인도든지, 유럽 어딘가의 해변가든지 언젠가 가볼 수 있을까. 만약 오늘 집이 무너진다면, 어디론가 멀리 떠나고 싶다고 생각했다.

심아진 후보작 섬의 여우

1999년 『21세기 문학』으로 등단. 소설집 『숨을 쉬다』 『그만, 뛰어내리다』,
공동 작품집 『그 길, 나를 곁눈질하다』 『나를 안다고 하지 마세요』 등.
e-mail : jaran72@naver.com

섬의 여우

여우가 오지 않는다. 구름에게 얼굴을 퍼렇게 두들겨 맞은 해가 마당 곳곳에 가냘픈 빛을 드리웠는데도 말이다. 여자는 주방 개수대에 기대서서 유리문 너머 뒤뜰을 응시하고 있다. 뜰의 왼쪽 담장 아래에는 살을 완전히 발라내지 않은 돼지 뼈가 담긴 그릇이 놓여 있다. 여자가 고기를 굳이 뼈가 붙은 채로 사가겠다고 했을 때, 정육점 주인은 알겠다는 듯, 혹은 모르겠다는 듯 고개를 가로저었다.

까마귀나 까치 들이 먹잇감 주위를 배회할 때마다 여자는 초조하다. 녀석들이 다 먹지야 않겠지만, 여자는 여우가 먹을 양이 줄어드는 것을 원치 않는다.

너 도대체 어디야?

커피 잔 옆에 놓인 휴대전화기에 메시지가 뜬다. 여자는 여우를 기다리느라 선 채로 토스트와 커피를 먹으며 오전을 보냈다. 무심코 잔을 들어 입에 가져가다가 커피가 한 방울도 남지 않았으며, 같은 동작을 이미 여러 번 반복했다는 것을 깨닫는다.

여자는 메시지가 왔음을 잠시 알리고 도로 까매진 전화기

액정을 지그시 내려다본다. 서울이나 부산, 혹은 제주라고도 답할 수가 없으므로, 전화기를 그대로 내버려둔다.

오래 서 있어서인지 다리가 뻣뻣하다. 여자는 애써 할 일을 떠올린다. 하지만 그릇들은 이미 다 닦아두었고, 어떤 요리에 쓸지 정하지도 않은 당근이며 감자까지 모두 씻어서 썰어두었다. 더 할 일이 없다. 하지만 여자는 여우를 보기 전까지는 주방을 떠나지 않을 것이다. 냉동고에서 꽁꽁 언 고기를 꺼낸다. 힘을 주어 칼질을 하는 틈틈이 뜰을 내다본다. 뚱뚱한 얼룩 고양이 한 마리가 나타난다. 하지만 녀석은 여우 냄새 때문에 그릇 가까이로 가지는 못할 것이다.

여자는 그 명성에 걸맞는 광포한 바람이 부는 날, 이곳에 도착했다. 인터넷을 보고 찾아 간 집은 방 하나에 침대며 주방용 싱크, 식탁 등이 함께 있는 작은 곳이었다. 난방이 잘 되지 않아서인지 실내는 바깥보다 추웠다. 하지만 평생 가져 본 일 없는 뒤뜰이 여자로 하여금 선뜻 계약을 하도록 부추겼다. 여자는 건뎌내기 위해 많은 것을 필요로 하지 않았다.

여자는 곧 무엇인가가 밤마다 뜰을 파헤친다는 것을 알게 되었다. 집세를 내면서 주인에게 물어보고서야 그게 땅 밑의 구근을 찾는 여우의 짓이라는 것을 알게 되었다. 여자는 이가 깨진 도자기 그릇에 음식을 놓아두기 시작했다. 고기, 과일, 빵…… 여자가 먹는 음식의 양이 조금씩 줄어들었다.

얼굴이 넓적한 덩치 큰 여우를 처음으로 본 날 여자는 말할 수 없이 기뻤다. 녀석은 불안한 듯 주변을 두리번거렸지만 곧 여유 있게 앉아서 먹었다. 나중에야 여자는 그 여우가 매우 늙어, 서서 먹을 기력도 없다는 것을 알게 되었다.

좀 더 날렵해 보이는 검은 발의 여우가 나타난 이래로 늙은 여우는 더 이상 보이지 않았다. 네 개의 발이 유난히 새카만 녀석은 대담하게도 뜰을 한 바퀴 휘, 돌기도 했다. 검은 발은 때때로 동작을 멈추고 가만히 서서 주변의 소음에 귀를 기울이곤 했다.

새끼 여우들을 세 마리나 데리고 온 어미 여우도 있었다. 새끼들은 조심성 없이 유리문 가까이까지 오기도 했는데, 여자는 그들이 놀라기라도 할까봐 집안에 놓인 가구처럼 미동도 않고 있었다. 이웃집에서 개 짖는 소리가 나자, 그들은 순식간에 도망가 버리고 말았다.

어느 날 여자는 꼬리 끝이 하얀 여우가 음식을 다 먹은 후 그것이 담겼던 그릇에 똥을 누는 것을 보았다. 여우가 사라지자, 여자는 배설물을 치운 후 끓인 물을 부어 그릇을 소독했다. 하지만 냄새가 가시지 않은 것인지, 이후로 다른 여우들은 보이지 않았다. 하얀 꼬리 여우가 이전의 여우들과 어떤 전쟁을 벌인 것인지, 혹은 거래를 한 것인지 알 수 없었다. 하얀 꼬리는 점점 대범해져서 여자가 그릇을 조금씩 집 쪽으로 당겨 놓아도 개의치 않았다. 여자에게는 눈을 뜨고 일어나야 할 이유가 생겼으므로 눈을 감고 자야 할 이유도 생겼다. 섬의 여우와 섬에 온 여자는 매일, 고립된 채로 함께인 아침을 맞았다.

밤새 혹은 이른 새벽부터 서성였을지 모를 여우는, 여자가 먹을 것을 챙기는 동안 뜰 한가운데서 참을성 있게 기다렸다. 귀가 가렵다는 듯 가끔 뒷발로 귀를 긁기도 하고 숫제 배를 깔고 엎드려 있기도 하다가, 여자가 나오면 재빨리 덤불 가까이로 이동했다. 여자를 믿고 안 믿고를 떠나 그게 타당한 일이라는 듯 여우는 언제나 거리 두는 것을 잊지 않았다. 여자는 음식을 두고 돌아서면서 '여우야, 밥 먹어.'라고 말하곤 했다. 그건 여자가 집안으로 들어갈 테니 안심하고 와서 먹으라는 신호였다. 유리문이 닫히면 여우는 그제야 움직였다. 여우는 하루도 거르지 않고 여자의 뜰을 찾았다.

구름에게 터지는 데 이골이 난 해가, 그래도 가지 않을 수 없다는 듯 기우뚱거리며 조금 더 높은 하늘로 이동한다. 예상과 달리, 뚱뚱한 고양이가 그릇에서 뼈 한 덩어리를 물고 잽싸게 도망을 간다.

언 고기를 썬 여자의 손바닥이 온통 벌겋다. 곧 나가야 한다는 사실을 떠올리니 초조하다. 그녀가 일하는 레스토랑의 주인은 지각을 할 때마다 '일 할 사람은 많다'는 간단한 한 마디로 엄포를 놓곤 했다. 여자는 여태 얼굴도 씻지 못했다는 사실을 떠올리며 주방용 개수대에서 대충 세수를 한다. 욕실에 들어 간 사이에 여우가 다녀가면 어쩌나 싶어 양치질마저 그곳에서 해결한다. 여자는 뜰에서 눈을 떼지 않은 채 옷도 갈아입는다.

꼬리털이 부숭부숭한 다람쥐 한 마리가 그릇 주위를 빠르게 오간다. 하지만 녀석은 곧 제 몸만 한 뼈를 들고 갈 수 없다 여겨서인지 혹은 다른 포식자의 접근을 감지해서인지 재빨리 뜰 구석의 상수리나무로 올라가 버린다. 여자는 기대하고 포기하고, 또 다시 기대하고 포기하기를 반복한다. 한 떼의 참새들이 몰려 와 겁도 없이 뼈에 붙은 살을 뜯어먹는가 싶더니 순식간에 날아가 버린다. 여자는 자신이 떠났어야 할 시간이 훨씬 지났다는 사실을 깨닫는다.

바람보다 비보다, 또 구름보다 아래라는 사실에 별반 자존심 상해하지도 않는 이곳의 태양이 잠시나마 중천을 차지한다. 여자는 이제 나갈 생각을 접는다. 여자는 일 할 사람이 아무리 많다 해도 자신이 몇 가지만 더 포기한다면 또 다른 직장을 구할 수 있으리라는 것을 알고 있다. 그게 이곳의 가장 큰 장점이다. 여자는 물과 함께 굽지도 않은 식빵을 뜯어 먹는다.

전화기에서 다시 메시지가 왔음을 알리는 진동음이 울린다.

살아는 있지?

여자는 화면이 저절로 어두워질 때까지 전화기를 건드리지 않는다. 여자에게 지금 가장 중요한 것은 오늘 여우를 볼 수 있느냐 없느냐일 뿐이다. 여우가 안 와. 나는……. 여자는 오직 머릿속으로만 답장을 보낸다. 그녀는 결코 자신이 떠나온

곳에서 자신을 사라진 많은 사람들 중 하나로, 무심히 취급하게 하고 싶지 않다.

뜰 안쪽, 담 역할을 하는 떨기나무 덤불이 살포시 흔들린 것 같다. 누런 털이 초록 잎 사이로 언뜻 비친 것도 같다. 여자는 긴장한다. 하지만 한참이 지나도 여우는 오지 않는다. 심술궂은 바람의 고의거나 피곤한 태양의 실수였을 것이다.

여자는 걱정스럽다. 언젠가 발을 절며 나타나기도 했던 여우를 떠올리니, 가끔 차에 치여 죽는다는 여우에 관한 이야기도 들은 기억이 난다. 여자는 자신도 모르게 눈물 한 방울을 떨어뜨린다.

갑자기 거대한 갈매기 한 마리가 날아와 돼지 뼈 하나를 욕심껏 채간다. 여자는 가깝지도 않은 바닷가에서 여기까지 날아왔을 갈매기가 결코 대견스럽지 않다. 여자에게는 여우만이 중요하다. 여우만이 남았다. 여우는……. 여자는 또 머릿속으로 메시지를 보내다가, 참지 못하고 뛰어나간다.

여우야, 밥 먹어.

여우에게 음식을 준다는 사실을 알면, 머리가 노랗고 눈이 파란 이웃들은 여자에게 화를 낼 것이다. 하지만, 그들은 여자의 말을 알아듣지 못하므로 누구를 부르는지 알지 못할 것이다. 여자는 목청을 더 높여 여우를 부른다. 여우야! 여자는 여자의 섬으로 오는 신중한 발소리가 들리지 않을까 하여, 여우처럼 한껏 귀를 곤두세운다.

이진 후보작 쏘리 플라자
2001년 『무등일보』 신춘문예로 등단. 소설가, 국어국문학 박사, 목포대 강사, 광주여대 교수.
저서 소설집 『창』 『알레그로마에스토소』, 공동 소설집 『즐문마을 기행』 『내 친구 장씨 이
야기』 『어느 오후의 탈출』 등 다수, 논문집 『토지의 가족서사 연구』, 대학교재 『글과 삶』
『글쓰기와 의사소통』 등. 현재 문학연구소 '다듬' 연구원. e-mail : ljksr@hanmail.net

쏘리 플라자

  순기 씨는 매달 정해진 날짜에 꼬박꼬박 월급을 받는 9급 서기보 공무원이었다. 혼자 쓰기엔 많지도 적지도 않은 봉급에 감 놔라 배 놔라 간섭하는 사람이 없는 걸 자랑으로 여기는 노총각이기도 했다. 새벽까지 눈이 벌겋도록 컴퓨터 앞에 앉아 전자오락을 하는 게 그의 유일한 취미생활인 만큼, 아무리 늦게 일어나도 상사에게 타박 들을 일 없는 빨간 날짜를 그는 자기 생일보다 더 복된 날로 여겼다. 하여 지난 시절에 대한 회한이 없는 만큼 다가올 시간에 대한 기대나 두려움도 별로 가지지 않았으며, 그런 만큼 그의 시간은 빠르지도 느리지도 않게 흘러갔다.

  이렇듯 느긋한 그의 성격을 인정한 정부는 그에게 딱 어울리는 자리를 만들어 승진 발령을 내주었다. 국민 화합청의 화해 및 소통과 8급 서기 자리였다. 지난 세기의 반민주적 과오를 털어내고, 다종다양한 국민적 갈등을 풀어 화합의 새 시대로 가자는 취지에서 여야 합의로 출범한 새로운 정부기구의 신입요원으로 발탁된 것이다. 환송연 자리에서 그의 상사는 평소 순기 씨의 남다른 컴퓨터 활용능력을 눈여겨보았다며,

자신의 적극적인 추천 덕이었음을 잊지 말라고 당부했다. 어쨌든 순기 씨는 컴퓨터 한 대만으로 모든 걸 해결하는, 자기 적성에 딱 들어맞는 아주 단출한 업무를 맡게 되었다. 일종의 사이버 고해소 같은 '쏘리 플라자(Sorry Plaza)'의 운영자 역할이었다. 쏘리 플라자는 무신경이나 교만함으로 발설된 반사회 통합적 발언이나 이기심이나 권력욕으로 빚어진 사회불안 야기성 폭력에 대해, 원인 제공자가 공적 채널을 통해 사과하고 재발방지를 다짐하는 사이버 공간이었다.

하지만 실제 운영에 들어가고 보니 방문자가 거의 없다시 피 하여 사과(謝過) 광장인 쏘리 플라자는 늘 텅 비어 있었다. 대부분의 사람들은 과거의 어떤 말이나 행위가 국가 및 사회 적 차원의 과오였다고 여길 만큼 자신이 거물급은 아니라고 생각했으며, 설령 자신을 과대평가하는 경우라 해도 지난날 의 언행이 공적인 채널을 통해 사과해야 할 만큼 심각한 것이 었다고 여기지 않았기 때문이다. 그 바람에 순기 씨는 직장 생 활을 시작한 이래 가장 꿈같은 시간을 보내게 되었다. 공적으 로 컴퓨터 게임을 즐길 수 있는 시간을 국가로부터 부여받은 거나 다름없는 상황이 두어 달 가까이 이어졌다. 초등학교 시 절 이후 사라진 줄 알았던 애국심이 하루에도 몇 번씩 솟구쳐 올라 순기 씨의 가슴을 뜨겁게 했다. 국가적 취지에 부합되지 않는 엉뚱한 장난 글을 재미삼아 올리는 뻔뻔스런 이들에게 경고문을 보내야 한다거나, 상부가 수시로 요구하는 통계보 고 따위만 빼면 더할 나위 없이 행복한 나날이었다.

좋은 일엔 늘 마가 끼는 법이다. 본격적으로 사이트 운영을 시작한지 백 일이 넘도록 이용자 수가 정도 이상으로 적은 데다 그 내용마저 그닥 공적이지 않은 데 당황한 상급부서에서, 공익광고의 적극적 활용 방법이나 실적향상 전략 등을 요구하더니 급기야 폐지론까지 흘려보내기 시작했다. 그 자리에 눌러 앉아있고 싶은 마음만큼이나 순기 씨는 다급해졌다. 그는 전보 발령 이후 잊어버렸던 전임지의 동료들을 갑자기 챙기기 시작했으며, 십일조가 아까워 발길을 끊었던 교회며 생전 나다니지 않던 동창회 등에 적극적으로 얼굴을 내밀기 시작했다. 국가적 사업의 중요성을 홍보하기 위해 늦잠용으로 아껴둔 빨간 날짜까지 아낌없이 헌납했다.

그의 노력이 주효했던지 쏘리 플라자가 활기를 띠기 시작했다. 국가적 차원의 논의로 나아갈 정도의 깊이를 가진 글이 적잖이 올라왔다. 국민들 사이에서 쏘플이라는 약칭으로 불리며 차츰 인지도가 높아지기 시작했다. 그런데 언젠가부터 매일 3~4건 이상의 글이 어느 한 사람에게 집중되고 있다는 놀라운 사실을 순기 씨는 깨닫게 되었다. 더더욱 놀라운 건 그 해당자가 바로 순기 씨 자신이라는 점이었다. 참으로 이해할 수 없는 사태였다. 혹시 지인들이 그를 돕고자 실적을 올려주려고 없던 일을 꾸며낸 것인가 싶어, 자신의 신분이 노출되지 않는 범위 내에서 다각도로 탐색해보았지만 딱히 그럴 만한 증거는 찾아지지 않았다. 글을 올린 사람이 대상자인 순기 씨의 이름조차 잊어버린 경우가 다반사였다. 어쨌든 순기 씨로 선 오래 전에 잊어버린 누군가의 어떤 행위 혹은 말에 대해 하루에도 몇 번씩 사과를 받는다는데 어안이 벙벙할 뿐이었다. 그리고 그 어안 벙벙함은 이내 수치심과 분노로 바뀌어갔다.

첫 시작은 virus-Imm이라는 작자의 글이었다. 작자는 중학교 입학식 날 자기의 짝꿍이 배치고사에서 꼴등을 했다는 걸 우연히 알게 되어 멍청한 새끼라고 소문을 냈다. 그 바람에 1년 내내 그 친구가 급우들에게 괴롭힘을 당했는데, 세월이 흘러 자기 아들이 똑같은 입장에 처하게 되자 자신의 죄과가 생각났다는 것이다.

'당시 짝꿍을 찾아 용서를 빌고 싶어요. 나의 사과가 아들과 같은 입장에 처한 모든 청소년들을 구원할 거라 믿습니다.'

그런데 이상한 일이었다. 성적 때문에 아버지에게 죽자고 맞았던 중학교 입학식 날의 풍경이, 급우들에게 잔돈푼을 뺏기거나 병신 새끼라며 주먹질을 당하던 장면이 별안간 순기 씨의 뇌리에 생생히 떠오른 것이다. 답을 밀려 쓰는 바람에 재수 없게도 꼴찌로 입학했지만 이후의 학교 성적은 그럭저럭 중간을 유지했고, 그리도 어렵다는 공무원 시험에 비록 4수였을 망정 합격한 만큼, 까맣게 잊었던 부끄러운 과거가 왜 떠오르는지 알 수 없었다. 어쨌든 순기 씨는 당사자를 찾아 사과문을 전달하겠으며, 본인이 원할 시 개인적으로 연락할 수 있도록 주선하겠다는 취지의 답글을 남겼다. virus-Imm이 자신이 다녔던 중학교와 1학년 때 담임선생님의 이름, 그리고 입학년도 등을 알려왔다. 그제야 순기 씨는 작자가 찾고 있는 그 친구가 바로 순기 씨 자신임을 알게 되었다. 개자식! 순기 씨는 자기도 모르게 컴퓨터에 대고 욕설을 퍼부었다.

그 다음은 초등학생들을 위한 연애 상담소 설치가 사회복지 차원에서 논의되어야 한다는 다소 뚱딴지같은 제안이 담긴, blackrose82라는 여자의 글이었다.

'초등학교 3학년 때 한 남자아이로부터 첫 고백을 받았어요. 기껏 열 살짜리 꼬마가 커다란 케이크에다 꽃다발까지 들고 와 제 마음을 설레게 했지요. 그런데 하필 그 애의 누런 콧물이 딸기가 촘촘히 박힌 생크림 위로 떨어지지 뭐예요? 너무 더러워서 나도 모르게 케이크를 그 애 얼굴에다 던져버렸어요. 주변 친구들 모두 그 앨 놀렸죠. 크림 범벅이 되어 울던 모습이 지금도 가끔 떠올라요.'

당시 정황에 관한 여자의 상세한 증언이 순기 씨로 하여금 잊었던 오랜 기억을 떠올리게 했다. 아버지 생신 축하용으로 고모가 사다놓은 케이크를 훔쳐 낸 바람에 밤새 창고에 갇혀 얼마나 오들오들 떨었는지……. 어머니가 몰래 갖다 준 떡쪼가리가 아니었으면 굶어 죽었을지도 모른다. 그 이후 늘 실연의 아픔은 굶주림과 동의어가 되었다. 제길!

순기 씨가 어린 시절에 살았던 동네에서 문구점을 했다는 노인이 올린 글도 있었다. 그는 가게에서 자잘한 물건들을 거의 날마다 도둑맞곤 했는데 CCTV를 설치할 만큼 매출을 올리지 못한 관계로 여기저기 거울을 달아놓는 것으로 도둑 소탕

작전에 나섰다. 그러던 어느 날, 여러 아이들이 몰려와 시끄럽게 떠드는 동안 구석에서 사탕이며 스티커 따위를 훔치는 녀석을 하나 잡게 되었다. 좀도둑이 그 애 말고도 여럿 있다는 걸 알고 있었지만, 본때를 보여 모두의 귀감으로 삼게 하리란 생각에 그는 아이를 파출소에 넘겼다.

'그런데 아이 애비가 해도 해도 너무 합디다. 그 어린 걸 어깨뼈가 부러질 정도로 두들겨 패더라구요. 경찰이 나서서 말릴 정도였어요. 돌이켜 생각해보니 어린 시절 누구나 한번쯤 그래볼 수 있는 걸 가지고 내가 지나쳤던 거 같아요. 그 애가 제대로 컸는지 그게 늘 맘에 걸려요.'

노인은 글 말미에다 모든 어른들에게 어린이 발달상의 시기적 특성을 공부시켜야 한다고 생뚱맞은 제안을 덧붙여 놓았다. 빌어먹을, 순기 씨는 자기도 모르게 험한 말을 내뱉고 말았다. 덩치 크고 힘 센 상급 학년 선배의 강압이 있었다는 자신의 변명을 한 마디도 들어주지 않던 경찰관의 얼굴과, 그들의 고발에 적극 동조하여 몽둥이를 휘두르던 아버지의 얼굴이 여전히 사그라지지 않은 분노로 떠올랐다.

하여간 이런 식이었다. 순기 씨의 답안지를 컨닝 했다가 성적이 하위권으로 뚝 떨어졌다며 그에 대한 분풀이로 주먹질을 해왔던 고교 동창, 속임수를 써서 아이템 30여 개를 사들이고도 남을 사이버 머니를 강탈해간 게임 중독자, 일 년 내내 아르바이트를 하여 겨우 장만한 새 핸드폰을 빌려가서는 발길질로 대신 갚은 친구, 양다리를 걸치고 있다 수입이 더 좋은 남자에게 시집 간 과거의 여자, 안티프라민이나 물파스 같은 요상한 약품들을 제 성기에 바르고서 핥지 않으면 죽이겠다고 으름장을 놓던 군대 시절 고참 등등.

순기 씨는 부패되어 흔적 없이 사라졌어야 할 그 많은 쓰레기들이 왜 갑자기 나타나 그의 발목을 휘감는지 이해할 수 없었다. 시간의 늪에다 던져놓고 도망친 조롱과 험담과 협박의 말들이, 무의식 저 깊이 묻어버린 어리석음과 폭력의 기억들이 갑자기 왜? 지난 삼십 여년의 삶이 온통 벌레 먹은 배추처럼 너덜거리는 것 같았다. 사과문을 올린 그들이 순기 씨의 삶을 아예 거덜 낼 목적으로 단체협약이라도 조인한 게 아닌지 의심스러웠다.

하지만 순기 씨는 지난 몇 년 간의 공무원 생활을 통해 상당수 사람들이 일시적인 충동의 상태에서 말을 내뱉고 행동한다는 걸 눈치 채게 되었으므로, 애써 분노를 참으며 최대한 객관적인 입장에서 중재를 해보려고 노력했다. 물론 화해 및 소통과 8급 공무원 순기 씨의 중재를 개인 순기 씨의 자격으로 받아들일 생각은 추호도 없었다. 저열한 자부심이나 습관적인 악의, 지나친 정의감 등으로 다른 이를 벼랑 끝으로 내몬 자들이 사과라는 형식의 자기 합리화를 통해, 스스로가 인간적이며 괜찮은 사람이라고 자위하는 꼬락서니를 참을 수 없어서다.

그러는 동안에도 쏘플의 방문자 수는 꾸준히 늘었다. 다양한 형태의 사과와 용서 방식이 공론화되면서 국민 화합청을

신설한 국가의 의도가 순기능으로 작용한다는 평가도 이어졌
다. 유행에 휩쓸리듯 많은 사람들이 자잘한 개인적 과오까지
쏘플에 올려 공적인 사과를 신청했으며, 대상자들 역시 화해
와 소통의 장으로 기꺼이 나서서 화답하는 바람에 순기 씨는
더욱 과중한 업무에 시달리게 되었다. 쌍방향의 방문자 폭주
로 휴일에조차 전자오락을 못 할 정도로 바빠진 그에게 정부
는 모범 공무원 표창을 주는 것으로 심심한 위로를 표했다.

　그 무렵 순기 씨의 아버지가 입원해 있는 병원에서 연락이
왔다. 상태가 악화되어 오래 사시지 못할 거 같다며 와보라는
것이었다. 순기 씨는 몽둥이와 욕설 이외에 별다른 선물을 그
에게 해준 적 없는 아버지를 별로 사랑하지 않았으므로, 근무
까지 제치며 나서고 싶지 않아 6시 퇴근 시간에 딱 맞춰 사무
실을 나섰다. 혼수상태에 빠져 하루 낮, 하룻밤을 깨나지 못했
던 아버지가 아들 순기 씨의 도착에 맞춰 반짝 눈을 뜨는 작은
기적이 일어났다. 아버지는 거친 숨을 몰아쉬며 순기 씨를 부
르더니 귀를 가까이 대라고 일렀다.

　"얘야, 미안하구나. 공부 잘하는 누이 똥구멍이나 빨라고
나무랐던 거. 도둑질 한 손은 잘라버려야 한다고 칼을 들고 다
그쳤던 거. 날 보러오지 않는 게 괘씸해서 경찰서에 노인 학대
죄로 고발한 거……."

　제대로 발음되지 않는 헐거운 목소리로 그의 아버지가 사
과의 말을 늘어놓았다. 순기 씨는 마치 멀미를 하는 사람처럼
속이 메슥거려 더는 귀를 기울일 수 없었다. 그 모든 상황들의

반복이었다. 죽는 순간까지 나서서 쏘플 대열에 끼어 그들의 동조자가 되어있는 아버지라니. 머리가 어지럽고 내장이 뒤틀렸다. 점심 때 먹었던 추어탕 속의 미꾸라지가 식도를 타고 거슬러 올라오는 듯했다.

"그게 다 널 위해서였지. 이 험한 세상, 까딱하면 병신 되는 판이니⋯⋯."

아버지의 마지막 변명은 부패되지 않고 가라앉아있던 쓰레기 수준을 훨씬 상회했다. 굴러다니던 녹슨 불발탄이 갑자기 터지기라도 한 듯 고막을 울리는 굉음이 천지를 뒤흔들었다. 그 바람에 솟구쳐 오른 병실 바닥이 순기 씨의 이마를 사정없이 때리고 짓이겼다. 옆 병상의 환자가 비상벨을 누르며 다급하게 간호사를 불렀다.

"세상에, 저런 효자가 있나? 얼른 와 봐요. 아버지가 얼마나 걱정 됐는지 기절을 했어요."

어지러운 발소리들이 순기 씨의 귓전에서 꿈속처럼 아련하게 울려 퍼졌다. 이동식 침대 위로 몸이 뉘어지는 걸 느끼며 순기 씨는 이번 인사에서 자리를 옮겨 달라야겠다고 다짐했다.

사익찬 후보작 수수료가 지불됩니다
2015년 『경향신문』에 「입체적 불일치」로 등단. 동국대학교 문예창작학과 4학년 재학 중.

수수료가 지불됩니다

그는 자살여행을 떠난다고 했다. 나에게 여행 경비를 빌려달라고 했다. 갚을 수 없는 돈을 꿔달라는 소리였다. 그의 얼굴을 샅샅이 훑어본 뒤 그가 진심이라는 사실을 깨달았다. 나는 지갑을 열었다. 오만 원가량이 들어있었다. "어디로? 얼마나?" 내가 물었다. 그는 줄 수 있는 만큼만 빌려달라고 했다. "아니, 얼마나 머물 거냐고." "모르겠어." 그는 끝까지 어디로 떠나려는지에 대해선 함구했다. 그저 "시원한 곳으로" 라고만 했다. 무더운 여름철이었다. 매미가 우는 소리 때문에 귀가 먹먹했다.

그에게 잠깐 기다려 보라고 한 뒤 근처 은행으로 향했다. 죽으러 가는 친구에게 얼마 정도의 돈을 꺼내주어야 인색해 보이지 않을지 잠시 고민했다. 일단 최대 인출 가능 금액인 백만 원을 찾았다. 타 은행이라 수수료로 700원이 빠져나갔다. 지폐다발을 손에 쥐고 셌다가 뺐다가를 반복했다. 얼마를 주든 소용없겠다는 생각이 들었다. 가방에 돈을 넣은 뒤 은행을 나섰다. 술집으로 들어가기 전 담배 한 대를 천천히 빨았다. 그를 혼자둔 지 이십 분 정도가 흘러있었다. '죽으러 간다잖아.'

고개를 크게 한 번 끄덕이고는 술집 문을 덜컥 밀었다.

"미안해, 도와줄 수 없어." 나는 정중하게 사과했다. "생각해봤는데, 이건 아닌 거 같아." 그는 말간 눈으로 나를 멍하니 응시했다. "정말 안 되겠어?" "응, 액수가 문제가 아니라 내 양심이 차마 용납할 수가 없어." 그는 말없이 고개를 숙였다. 계산서를 챙기며 내가 사겠다고 했다. "무리한 걸 요구했나." 그가 기운 없는 목소리로 물었다. 함몰된 두 눈이 내 가방을 흘끔거리고 있었다. 그의 어깨를 툭툭 치며 생각을 좀 좋게 고쳐보라고 말했다. "아니면 다른 사람을 찾아보든지." "너밖에 없어." 그가 얼굴을 들어 나를 바라보았다. 결백한 표정이었다. "알잖아." "커피 마실래?" 나는 현관 앞 커피자판기를 가리켰다.

그에게 이제 어디로 가느냐고 물었다. 그는 피씨방에 간다고 했다. "거긴 왜?" "갈 데가 없어서." 어쩌면 이것이 그와의 마지막 만남이 될 수 있겠다는 생각이 들었다. 나는 그에게 피씨방을 쏘겠다고 했다. 맥주 한 캔과 담배 한 갑을 건네주면서 다시금 그의 어깨를 툭, 쳤다. "마음껏 즐기라고." 나는 익숙하게 고스톱 사이트를 열었다. 그는 엉거주춤 의자에 앉아서 뭔가를 깨작깨작 클릭하기 시작했다. 나는 그에게 관심을 거두고 게임에 몰두했다.

고개를 돌렸을 때 그는 책상에 엎드려 있었다. 그 앞의 모니터를 쳐다봤다. 여행 커뮤니티 속 거대한 폭포가 화면 위에서 우루루 쏟아져 내리고 있었다. 하얀 불빛이 그의 머리를 축축이 적셨다. 그는 익사할지도 모른다. 나는 가방을 챙겨 자리에서 일어났다. 카운터에서 계산을 마치고 거스름돈을 받았다. 지갑에 넣으려다 맘을 바꿔 그의 피씨 앞에 모두 걸었다. 지갑이 텅 비었다.

　은행에 들러야겠다고 생각했다. 백만 원은 아무 일도 없었던 것처럼 통장으로 돌아갈 것이다. 사라진 건 700원뿐이다. 더웠다. 은행에 가고 싶었다. 시원한 곳으로.

이선우 후보작 목화솜이불 역

충남 아산 출생. 2015년 『영남일보』 신춘문예 소설 「깃발이 운다」 당선.
제1회 김승옥 문학상 소설 우수상. 제12회 동서 문학상 소설 동상 수상.

목화솜이불 역

　노인은 목화솜이불을 꼭 끌어안고 대합실 나무의자 끄트머리에 앉아있었다. 그녀가 마을을 떠나기 전까지 보던 모습 그대로였다. 이불을 끌어안고 있는 노인의 손은 완강했다. 노인은 제 손으로 딸의 시신을 수습한 시간을 도려낸 듯 보였다. 그때만 해도 그녀는 딸을 잃고 정신이 나가버린 여자를 무심히 흘려보았다. 그런 여자를 이렇게 제 발로 찾아와 보게 될 줄은 몰랐다. 역무원의 제복도, 낡은 창틀도, 벽에 붙은 기차 시간표도 노인의 모습처럼 그대로였다.

　한가롭고 적막한 역이었다. 그녀는 그곳 초등학교로 발령 받은 뒤부터 아침마다 다섯 살짜리 딸아이를 허겁지겁 어린이집에 맡기고 기차를 타야 했다. 정신없던 학기 초를 보내자 늦봄이었다. 그때부터 이 마을은 온통 목화꽃 천지였다. 이 마을의 이정표는 따로 없었다. 차창 밖으로 연분홍 목화밭이 보이기 시작하면 이 마을이 시작된 거였다. 목화밭은 장관이었다. 유백색으로 시작한 꽃은 점차 연분홍에서 진분홍으로 짙어져 갔다. 꽃이 지면 너른 언덕이 흰 솜꽃 밭으로 변해갔다. 연분홍 아지랑이가 피어오를 때 완연한 봄이 찾아오지만 분홍빛 목화 꽃은 계절과 상관없이 늘 봄을 느끼게 했고, 삭막한 동네를 동화 속 공간으로 바꿔 놓았다. 목화솜이불 역. 그녀는 이 동네에 마음을 주면서 역 이름 대신 그렇게 불렀다.

그녀는 노인 옆에 앉았다. 노인은 그녀를 의식하는 듯 옆으로 비켜 앉으며 더욱 세게 이불을 끌어안았다. 그녀는 노인의 눈길이 머무는 곳이 어느 지점인지 따라잡을 수 없었지만 노인이 도려낸 시간을 그녀는 또렷이 기억하고 있었다.

그녀가 퇴근해 기차승강장으로 들어서려던 순간이었다. 역으로 진입하던 급행열차가 급정거했다. 석양이 물들기 시작했고, 사람들이 모여들었다. 동네가 온통 목화솜 뽑기에 정신없던 늦은 10월 어느 날이었다. 사람들 틈에서 마치 온 몸에 흰 꽃을 꽂은 것처럼 솜을 여기저기 붙이고 나온 여자가 뛰쳐나와 울기 시작했다. 솜틀집여자였다. 붉은 피가 흥건한 선로에서 딸의 죽음을 보고 몸부림치던 여자의 몸에서 흰 솜꽃이 석양 쪽으로 들썩였다. 녹슨 철로위로 여자의 눈물이 자취도 없이 스며들고 있었다. 결혼을 앞둔 여자의 딸이 왜 기차로 뛰어들었는지는 알 수 없었다.

그녀는 그날 솜틀집 여자의 생이 급정거한 기차처럼 멈춰 버렸듯이 그녀 자신도 딸이 무섭다고 문자를 보내던 그 시간에 멈춰 있는지 모른다고 생각했다. 그녀는 갑자기 허기가 몰려왔다.

"같이 나가요. 따뜻한 국밥이 먹고 싶어요."

그녀는 노인의 손을 잡았다. 노인은 그녀에게 잡힌 손을 완

강하게 뿌리친 뒤 목화솜이불을 세차게 끌어안았다.

"제가 배가 고파서 그래요. 같이 가서 드세요."

사정하듯 말하는 그녀를 노인은 말간 눈으로 쳐다보다 주춤주춤 따라나섰다. 그녀는 다시 노인의 손을 잡았다. 노인의 손은 따뜻했지만 손거스러미가 그녀의 손바닥을 꾹꾹 찔러댔다. 마치 그녀의 딸이 그녀의 손바닥에 뭔가 글씨를 쓰며 까르르 웃을 때처럼 싫지 않았다.

역 앞은 정비되어 작은 컨테이너 형 매점이 늘어서 있었다. 떡볶이와 어묵, 보리떡, 붕어빵, 주전부리들을 팔고 있었다. 예전에는 낫이나 호미, 농사에 필요한 연장과 벌어진 목화를 쌓아놓고 팔았다. 목화 다래는 달달했다. 아주 가끔 그 맛이 그리웠다.

늘 새하얀 목화솜 가루를 옷이 접히는 부분마다 달고 다니던 녀석이 내게 목화 다래라고 부르던 목화열매를 내밀었다. 물을 가득 머금은 순백의 면화 속살이 혀에 닿자 혀끝이 달달해왔다. 그때의 달달함이 마치 어제 일 같아 그녀는 입안에 고인 침을 삼켰다. 그 무렵이었을 것이다. 녀석이 3일째 무단결석을 해서 가정방문을 갔던 것이. 마을에 들어서자 박새가 울어 대듯 째째쩍, 소리가 요란했다. 새는 보이지 않았다. 볕이 잘 드는 공터마다 벌어진 목화 열매가 펼쳐 있었다. 솜틀집에서 덜덜거리는 발틀 돌아가는 기계소리가 북소리처럼 마을로 퍼져나갔다. 그녀는 걸음을 멈추고 어느 솜틀집을 들여다보았다. 목화솜을 얇게 뜯어 솜틀의 톱니에 고르게 물리고 솜틀

아랫도리에서 뽀얗고 부드럽게 부풀려 나온 솜을 긴 젓가락 같은 기구로 개켜 차곡차곡 쌓아놓고 있었다.

녀석의 집도 때마침 '씨아'라는 기계 앞에서 가족이 모여 목화를 뽑아내고 있었다. 그녀가 마을 어귀에서부터 듣던 새 울음은 '씨아' 소리였다. 녀석이 뒤통수를 긁으며 그녀를 끌고 가 자랑스럽게 커다란 문을 밀치고 들어 선 곳은 목화솜 저장고였다. 구름밭이었다. 녀석이 구름밭으로 다이빙을 했는데 눈사람이 되어 나타나 숨 쉴 때마다 콧구멍으로 빨려 들어간 솜꽃이 벌렁거렸다. 이곳에 오기 전까지 잊었던 기억들이었다.

다행이 역 앞 허름한 이용원과 국밥집은 그대로였다. 국밥집 유리문에 비친 석양이 커튼처럼 드리워져 있었다. 그녀는 가만히 붉은 유리창에 손을 대보았다. 스러지는 볕이 유리를 따뜻하게 데우고 있었다. 그녀는 노인이 끌어안고 있는 꼬질꼬질한 이불을 내려놓기 위해 손을 뻗었다.

"우리 딸 시집갈 때 줄 거야. 아무도 못 줘."

"내려놓고 드세요. 누가 안 가져가요."

노인은 눈동자를 뒤룩거리며 그녀를 쳐다보았다. 노인의 손에 수저를 쥐어주었다. 노인이 허겁지겁 국밥을 먹는 동안 그녀는 손을 뻗어 목화솜이불을 가만히 만져보았다. 때에 전 호청 속 목화솜은 여전히 폭신했다. 만발한 연분홍 꽃에서 내던 하얀 목화솜의 느낌이 되살아났다. 그녀는 허적거리며 이곳까지 왜 왔는지 이제야 어렴풋이 알 것도 같았다.

"나 빨리 가야 돼. 우리 애 올 때 됐어. 얼른 이불 줘." 어느새 국밥을 비운 노인이 이불을 끌어안으려 했다. 그녀는 목화솜이불을 쥔 손에 힘을 주었다. 아직도 저 깊고 차디찬 바다 속에서 추워할 딸에게 목화솜이불을 덮어주고 싶었다. 노인에게 무언가 입을 열려는 찰나 그녀의 눈이 먼저 열렸다. 뜨거운 눈물이 후두둑 목화솜이불로 떨어졌다. 그녀의 주머니에서 휴대전화가 부르르 떨었다. 그녀는 휴대전화를 가만히 꺼내 귀에 댔다. 그녀는 차디찬 바다 속에서 휴대폰으로 돌아온 그녀의 딸과 만나는 중이다.

정희선 후보작 **그의 기원**
서울 출생. 2014년 『중앙일보』 제 15회 중앙신인문학상 소설 「쏘아올리다」 당선.

그의 기원

눈을 떴을 때, 그는 자신이 알몸으로 서 있다는 사실을 깨달았다. 꿈인가? 옷을 하나도 걸치지 않았는데 춥지 않은 걸 보면 그런 것도 같았다. 시야는 부옇게 흐렸고 어딘가 아주 먼곳에서 둔탁한 울림이 느껴졌다. 꿈이군. 꿈치고는 별난 꿈이었다. 그는 문득 구두가 걱정되었다. 며칠 전 아내가 일 년간 모은 카드 포인트로 샀다며 자랑스레 내놓은 새 구두. 말이 안되는 듯했지만, 잃어버리면 안 될 텐데, 그런 생각이 머리를 스쳤다. 꿈이니까, 옷은 없어도 구두를 신고 있을 수도 있겠다는 생각을 하며 그는 발을 내려다보았다. 그러나 그는 맨발이었다. 어쩐지 낯선 느낌이 드는 멀고 창백한 발등 위로 숱이 적은 음모가 어리둥절하게 눈에 들어왔다. 이건 좀, 그런데. 그는 자신도 모르게 주위를 둘러보았다. 지켜보는 사람은 없었다. 익숙한 침대도, 옆에 누운 아내도 없고 사방이 온통 흐린 우윳빛 안개 뿐이었다. 그는 숨을 깊이 들이쉬어 보았다. 안개가 천천히 폐 속으로 밀려들어왔다. 머리 위까지 빈틈없이 안개가 가득해 그는 물에 빠진 것 같은 기분이 들었다. **그러자**

　그는 조금 전까지 자신이 어디에 있었는지가 생각났다. 몇 시간쯤, 전이었나? 동호대교 위의 좁은 보행로에서 철제 난간이 너무 차갑다고 생각하며 다리 아래를 내려다보고 있었다. 아니, 몇 시간이 아니라 며칠 전이었을까? 물은 생각보다 멀고 검었다. 저기 빠지면 정말 춥겠지, 생각한 것이 마지막 기억이었다. 내가 죽은 건가? 그는 놀라 몸을 더듬어 보았다. 꺼칠한 피부에 안개입자가 들러붙어 축축하고 미지근했다. 죽은 것 같지도, 꿈을 꾸는 것 같지도 않았다. 그는 어깨를 손으로 세게 때려 보았다. 아팠다. 그 선명함이 놀라워 그는 점점 붉게 도드라지는 자신의 손자국을 내려다보았다. 이런 것을 본 일이 있다. 아내의 얼굴에서. 그는 아내의 뺨에 새겨졌던 손자국과, 아내의 눈동자와, 그 시선과, 손바닥의 얼얼한 감촉을 기억해냈다. 그게, 언제였더라. 기억나지 않지만 아주 오래 전인 것 같았다. 그러니까…… 아주 오래 전이다, 아내의 얼굴을 본 것도. 강물을 내려다 볼 때 난간 아래로 삐죽 나와 있던 구두코가 생각났다. 그것은 형편없이 해지다 못해 밑창이 들떠 있었다. 그거, 아내가 사다 준 구두였는데. 그건 언제였지. 그는 머리를 감싸쥐었다. 머릿속에 안개가 들어찬 것 같았다. 사방을 둘러싼 안개가 살아 있는 듯 일렁이며 그에게 다가왔다. 왠지, 아까보다 농도가 진해지고 좀더 차가워진 것 같았다. 그는 망설이며 손을 들어올렸다가, 내리고, 다시 손을 들어 앞으로 뻗어 보았다. 찰박. 물결 같은 것이, 하지만 안개 같은 것이, 무어라 말할 수 없는 것이 손바닥에 느껴졌다. 멀리서 아까의 그 소리가 간헐적으로 들려 왔다. 뭔가 거대한 존재의 발자국 같은 소리. 그는 좀 두려워졌다. 양팔로 몸을 감싸듯 하며 그는 생각했다. 얇은 담요라도 있으면 좋을 텐데. 아니면 신문지 조각이라도. **신문지는**

추운 밤에 담요이자 이불이었다. 기껏해야 종이 한 장이었지만 덮고 안 덮고는 큰 차이가 났다. 자리를 확보하는 것만큼이나 중요한 것이 박스와 신문지를 지키는 것이었다. 그는, 거리에서 자던 첫 밤의 냉기와 콘크리트 바닥의 감촉을 기억해 냈다. 오스스 소름이 끼쳤다. 기온이 좀더 떨어진 것 같았다. 가만히 서 있어서 그럴 거야. 그는 조금 걸어 보기로 했다. 발을 떼자, 안개가 바짝 다가들었다. 그는 답답해졌다. 안개는 짙고 희고 회색이었으며 동시에 어둡고 깊었다. 그는 자신이 어디에 있는지, 앞에 무엇이 있는지 도통 알 수 없었다. 그러나 그냥 서 있기만 하는 것보다는 아무래도 어디로든 걸어가 보는 것이 나을 것 같았다. 그는 다시 한 걸음을 떼 보았다. 안개가 소용돌이치며 몰려와 눈앞을 막막하게 가로막았다. 그는 울고 싶어졌다. 어딘지 알 수 없는 곳에서…… 둔탁한 울림이 다시 들렸다. 무서워. 그는 아이처럼 중얼거렸다. 왜 내가 이런 데 있는 거야. 두 손에 얼굴을 묻고 그는 눈을 감았다. 살려 줘. 죽으려고 했던 건 아니야. 어디에서도 대답은 돌아오지 않았다. 가만히 귀를 기울여 보았으나 들린다고도 아니라고도 할 수 없는 안개의 일렁임만 느껴졌다. **숨을 크게**

들이쉬고, 얼굴을 가린 채 그는 달리기 시작했다. 아니, 달려 보려고 했다. 얼마 가지 않아 그는 발밑이 이상하다는 것을 느꼈다. 찰박. 그것은 단단하면서도 부드럽고, 매끄러운 듯 촉촉했다. 그는 얼굴에서 손을 떼고 발치를 내려다보았다. 이상하게도 그가…… 안개를 밟고 올라서 있는 것 같았다. 그는 한동안 자기의 맨발을 내려다보다가 다시 한 발 올라서 보았다. 찰박. 우무질같은 안개가 몰려와 그를 받쳤다. 한 걸음, 다시 한 걸음, 그는 주저하며 발을 올려 놓다가 조금씩 속도를 냈다. 몸이 서서히 더워지며 이마에 땀이 맺혔다. 그는 보이지 않는 계단을 뛰어올랐다. 숨이 찼지만 멈추면 아래로 떨어질 것만 같아 두려웠다. 이렇게 숨이 찬 건 오랜만이군. 그는 아득히 먼 기억 속에서 화석이 되어 버린 장면 하나를 찾아냈다. 「아빠와 함께 2인3각」. 딸아이가 어렸을 적, 그가 지금보다 젊었을……, 많이 젊었을 때. 빨리 뛰라는 딸아이의 성화에 아이를 덥썩 들어 옆구리에 끼고 달렸다. 반칙이라는 아우성이 들렸으나 딸아이가 숨넘어가게 웃는 바람에 멈출 수가 없었다. 그 땐, 행복했는데. 그는 자신이 희미하게 미소를 짓고 있다는 것을 몰랐다. **갑자기 그는**

멈추어 섰다. 머리 위를 누르던 안개가 걷혀 있었다. 그는 영문을 몰라 두리번거렸다. 그의 허리께 아래로 방금 빠져나온 희뿌연 안개의 바다가, 머리 위로는 검은 하늘이 펼쳐져 있었다. 안개는 살아 있는 것처럼 저희끼리 뒤섞이고 흐르고 일렁였다. 하늘에서 별자리가 빙그르르 돌았다. 그는 가쁜 숨을 고르며 하늘을 보고, 아래를 보고, 손바닥을 펴 들여다 보고,

주위를 둘러보았다. 보드라운 바람이 그의 목덜미를 스쳤다. 시간이 저 멀리에서 빠르게 달려와 그를 한 바퀴 감싸고 달아났다. 그는 아내와 딸아이의 웃음소리를 언뜻 들었다고 생각했다. 손끝과 발끝으로 따뜻한 시원함이 서서히 번져 나갔다. 가슴 안에서 심장이 성실하게 고동쳤다. 몸 속에 환하게 불이 켜지는 듯했다. 고개를 돌리지 않아도 주위의 풍경이 모두 투명하게 다가왔다. 그는 자신의 세포 하나하나까지 생명으로 가득 차오르는 것을 느낄 수 있었다. 그리고 그 소리가, 그를 관통하듯 울렸다. 꾸준하고, 낮게 맥박치는 소리. 그러나 그는 더 이상 두렵지 않았다. 어쩐지 그 모든 것을 알 것 같았다. 저 아래, 깊은 곳에서 자신을 향해 고동치는 것이 무엇인지도.

그는 깊게 숨을 들이마셨다가 천천히 내쉬며 눈을 감았다. 나의 지구. 지금 막 생겨난 말이 숨결을 타고 가뭇없이 퍼져갔다. 그는 다시, 조용히 소리내어 보았다. 나의, 지구. 저 먼 박동 소리와 그의 심장 박동이 하나로 중첩되다 헤어지며 나직하게 공명하고 있었다.

한정현 후보작 닐 암스트롱의 거울

2015년 『동아일보』 신춘문예 단편소설 당선. e—mail : fridah@hanmail.net

닐 암스트롱의 거울

혹자들은 닐 암스트롱이 달에 간 게 아니라고 말하기도 했지만 명백히 그건 틀린 말이었다. 닐 암스트롱은 인류 최초로 달에 발을 내딛은 지구인이 분명했다. 단지 닐 암스트롱이 우주선 밖으로 나와 달 표면에 막 발을 딛으려 할 때 잠시 망설였던 건 사실이었다. 우주선에서 막 빠져 나온 그의 눈앞에 가장 먼저 보인 건 커다란 거울이었다. 그는 물끄러미 거울을 바라봤다. 아무리 봐도 거울이었다. 그는 순간 자신이 지구에 있을 때 좋아하던 시를 떠올렸다. 그가 아주 어릴 때 할아버지가 일본 여행을 하고 돌아온 뒤 가져온 시집이었다. 조선의 리상이라는 작가의 시였는데(헤어스타일이 아주 멋들어진 사내였다, 뉴올리언스에나 가야 할 수 있는 스타일이었다) 제목은 '거울'이었다. 거울속에는소리가없소,저렇게까지조용한세상은참없을것이요. 이렇게 시작되는 시였다. 그는 거울 앞에서 손을 흔들어 보기도 하고 사진 찍을 때 자주 하는 포즈를 취해보기도 하다가 이내 우주선 안에 남아 있는 동료에게 통신을 시도 했다. 달이 이상해. 그는 strange라고 하지 않고 리상하다고 하며 껄껄댔다. 하지만 동료는 극도로 긴장한 나머지 반 기절 상태로 잠이 들어버렸고 그랬기 때문에 아무런 대답도 들려오지 않았다. 그는 한참이나 더 거울 앞에 서서 이리저리 자신을 비춰봤다. 거울이 분명했다. 왜냐하면 그의 등 뒤로 화성, 토성, 목성 등이 주르륵 보였기 때문이었다. 그는 잠시 거울이라는 시를 조금 더 생각해보았다. 나는지금거울을안가졌소마는,거울속에는늘거울속의내가있소.잘은모르지만외로된사업에골몰할게요.거울속의나는참나와는반대요마는,또 꽤 닮았소. 그가 그 구절을 떠올렸을 때였다. 그는 자신도 모르게 아, 하는 탄성을 내뱉었다. 동시에 힘껏 발을 굴려 위로 조금 날아올랐다. 그는 수영하듯 앞으로 나아갔고 비로소 그곳에 성조기를 꽂았다. 그것으로써 그는 인류 최초로 지구 밖 어딘가에 무언가를 남긴 사내가 되었다. 다만 그는 자신이 달의 뒷면에 성조기를 꽂았다는 사실은 영원히 말하지 않았다. 거울 속의 사내는 퍽 이상했으니 말이다.

김솔 후보작 환각지통幻覺肢痛

2012년 『한국일보』 신춘문예 등단. 소설집 『암스테르담 가라지세일 두 번째』 출간.

환각지통 幻覺肢痛

오후 3시경 한 사내가 찾아왔다. 닥터 블랙만은 그 사내가 예약 환자 명단에 없다는 사실을 확인하고는 그를 곧장 돌려보낼 작정이었다. 이미 다른 환자와 이미 3시에 진찰 약속이 잡혀 있는데다가 오늘은 아내와의 23번째 결혼기념일이었으므로 평소보다 일찍 병원 문을 닫고 7시까지 스프링필드 시내의 유명 프랑스 식당에 도착해야 했다. 만약 자신에게 저녁 식사 약속이 없고 그 사내에게 오후 5시까지 기다릴 시간이 있었더라면 닥터 블랙만은 기꺼이 정해진 진료 시간을 넘겨가면서까지 호의를 베풀었을 것이다. 하지만 그 사내는 운이 없었다. 미리 전화로 예약하고 그 약속을 지키기 위해 불편과 불이익을 감수하면서 찾아온 환자들이 병원의 무원칙에 불쾌감을 느끼지 않도록 원칙을 지켜야 할 의무가 그에게 있었다. 물론 그 사내가 피를 많이 흘리고 있거나 숨이 곧 멎을 정도로 기침을 쏟아내고 있었더라면 닥터 블랙만은 3시까지 자신의 순서를 기다린 환자나 23번째 결혼기념일을 맞이한 아내에게 양해를 구한 뒤에 그를 응급처치하고 진단서를 써서 대학병원으로 급히 실어 보냈을 것이다. 하지만 그 사내에게선 심각한 외상이나 수상한 바이털사인이 발견되지 않았을 뿐만 아니라 스스로 침착함을 유지하고 있었으므로 닥터 블랙만은 사무적인 태도로 일관하였다. 아시아 인종에게만 나타나는 특이한 증상에 대해 독일 출신의 의사가 미처 알아차릴 수 없을 수도 있었지만, 평범한 가정의에 불과한 자신에게 모든 인종의 신체적 특성을 이해한 뒤 적확하게 진단하고 치료할 수 있는 권능을 기대하는 건 불합리하다고 생각했다. 병원이라고 해 보았자 2평 남짓의 진찰실에 책상과 검사용 침대와 책꽂이와 약보관함이 전부인데다가 그 진찰실로 통하는 복도에는 의자 몇 개가 놓여 있고, 간호사도 없이 의사 혼자서 예약 접수부터 진찰과 약 처방, 그리고 비용처리까지 맡고 있었기 때문에 닥터 블랙만이 환자들을 위해 할 수 있는 최선의 서비스란 고작해야 예약 시간에 맞춰 진찰이 이루어질 수 있도록 일정을 정확하게 관리하는 것뿐이었다. 그래서 닥터 블랙만은 약속시간이 지났는데도 나타나지 않고 있는 예약 환자에게 전화를 걸어 상황을 확인하려고 했다. 만약 그녀가 약속을 취소한다면 그는 기꺼이 불청객을 진료할 것이다. 하지만 그녀는 전화를 받지 않았으므로 닥터 블랙만은 그녀가 병원 앞에 도착하여 주차를 하는 중이거나 지병인 조울증이 도져서 휴대전화를 옷장이나 욕조 속에 처박아 두었을지도 모른다고 상상했다. 그래도 20분 정도는 기다려 준 다음 그는 병원 문을 닫을 작정이었다.

"전화가 왔는데요?"

불쑥 사내가 말했다. 그의 발음으로 미루어보아 그는 최근에 입국한 관광객은 아닌 듯하였고 이곳에서 태어났거나 적어도 어릴 적에 이민 와서 시민권을 발급받았을 게 틀림없었다. 하지만 그의 얼굴을 전혀 기억할 수 없었으므로 최근에 이곳으로 이사해왔을 것이라고 추측했다. 닥터 블랙만은 책상 위에 던져두었을 휴대전화를 찾기 위해 흰개미집처럼 쌓여 있는 서류 뭉치들을 파헤쳤다. 자신의 휴대전화 번호를 알고 있는 것으로 보아 환자가 아니라 아내가 전화를 걸어온 것이리라. 오늘 무슨 옷을 입어야 하는지 상의하려 했거나 이미 프랑스 식당 앞의 카페에 도착하여 커피를 마시고 있다고 말하려 했을 수도 있다. 시급을 다투어 환자들의 통증과 공포에 대처해야 하는 의사들은 대개 진료 시간 동안 휴대전화의 전원을 꺼두거나 진동모드로 바꿔놓기 때문에 한 번에 상대와 통화하는 경우는 거의 없다. 대개는 진료시간이 끝날 무렵 휴대전화를 집어 들고 거기에 저장된 메시지를 한꺼번에 확인한 다음 통화가 꼭 필요하다고 생각되는 상대에게만 골라낸다. 늘 닳고 닳은 변명을 늘어놓아야 하기 때문에 가능하면 상대의 숫자를 줄이는 게 필요하다. 수 시간이 지난 뒤 관심과 열정을 잃어버린 상대의 반응도 시큰둥하다. 그래서 아예 휴대전화를 없애는 의사들도 늘어나고 있다.

"제가 도와드릴까요?"

마치 닥터 블랙만은 그 불청객이 이미 진찰실을 떠났다고 착각했는지 등 뒤에서 갑자기 들려오는 목소리에 너무 놀라

손에 쥐고 있던 서류 뭉치들을 바닥에 떨어뜨리고 말았다.

"선생님의 휴대전화 번호 알려 주시면 제가 걸어볼게요."

"아니, 됐소."

최근 소아집착증을 앓고 있는 환자에게 무심결에 휴대전화 번호를 알려주었다가 불면증 치료를 받아야 할 만큼 곤혹을 치른 뒤였기 때문에 닥터 블랙만은 새로 바꾼 휴대전화 번호를 가족과 친한 동료들에게만 알려주었다. 혹시 3시20분이 되도록 나타나지 않고 있는 환자에게도 전화번호를 알려준 건 아닐까. 하긴 인터넷만 연결하면 어느 누구라도 타인의 개인 정보를 만족스러운 수준까지 얻어낼 수 있는 시대이니 평범한 가정의의 휴대전화번호 따윌 알아내는 건 그리 어려운 일도 아니다. 닥터 블랙만은 이 불편한 상황에서 서둘러 벗어나고 싶었기 때문에 마치 물에 빠진 사람처럼 필사적으로 팔을 허우적거리며 책상 위의 서류들을 더듬었고 기적처럼 그것들 사이에서 자신의 휴대전화를 찾아낼 수 있었다. 하지만 자신의 휴대전화에는 부재 중 전화를 알리는 메시지가 부표처럼 떠올라 있지 않았다. 그래서 닥터 블랙만은 불쾌한 표정으로 사내의 얼굴을 다시 쳐다보았다.

"선생님의 휴대전화가 아니라 제 휴대전화에 전화가 걸려왔단 말입니다. 그리고 지금도 벨이 울리고 있고요. 선생님은 휴대전화를 찾으셨으니 이제 제가 휴대전화를 찾을 수 있도록 선생님이 도와주실 순 없으신지요? 운이 좋다면 10분도 채 걸릴지 않을지도 모릅니다."

닥터 블랙만은 하마터면 그 사내를 향해 이렇게 소리를 지를 뻔하였다.

"여긴 전화국이 아니라 병원이란 말이오."

하지만 간신히 혀의 발작을 막아내고 사내를 다시 쳐다보았을 때 비로소 닥터 블랙만은 사내의 병증을 짐작할 수 있었다. 사내가 상체를 비틀자 셔츠의 양팔이 힘없이 그의 의지를 따랐는데 살과 뼈가 있어야 할 자리가 공기로 채워져 있는지 아무 곳이나 구부러지고 비틀렸다가 느리게 제자리로 돌아왔다. 이라크전쟁에라도 참가했던 상이군인이었을까. 양쪽 귀가 모두 드러나는 짧은 헤어스타일이 그의 짐작을 뒷받침했다. 그렇다면 무사히 귀환한 오디세우스에게 최소한의 예의를 보여주는 게 필요하지 않을까. 어쨌든 그를 전쟁터에 보낸 이는 우리였고 양팔이 잘린 그를 살린 이도 역시 우리였으므로 그에게 살아갈 용기를 줘야 하는 것도 우리가 아닐까. 비록 자신이 그 당시의 대통령과 의원들에게 찬성표를 던지지는 않았더라도 미국 시민권을 보유하고 있고 그가 납부한 세금으로 운영되는 군대가 미국의 이익을 위해 외국과의 전쟁에 참여한 이상 책임으로부터 완전히 자유로울 수는 없었다. 20여 년 동안 스프링필드의 작은 병원 밖으로 벗어난 적이 없었지만 단 한 번도 만나지 못한 팔레스타인들의 적이 되어 있는 사실을 이해하려면 무엇보다도 미국의 역사를 개인의 역사로 수용해야 한다. 그런데 그는 양팔의 도움 없이 어떻게 진찰실 입구의 문고리를 돌리고 들어올 수 있었을까. 환자들의 예약 시간에 맞춰 진찰이 이루어질 수 있도록 일정을 정확하게 관리한 덕분일 수도 있었다. 즉 한 명의 환자가 진찰실을 나가는 동시에 한 명의 환자가 진찰실로 들어온다면, 최초의 환자와 최후의 환자만 문고리를 만질 수 있다.

"좋소. 오늘은 시간은 많지 않으니까 용건만 간단히 이야기합시다. 그리고 진료 도중이라도 3시에 예약한 환자가 나타난다면 어쩔 수 없이 진료를 멈출 것이오."

사내는 마치 고국으로 귀국하는 마지막 수송선에 오른 군인처럼 기뻐했다. 어쩌면 그는 양팔과 귀국 명령서를 바꾸었는지도 모르겠다.

"어디가 아프셔서 날 찾아오셨소?"

닥터 블랙만은 자칫 그를 자괴감 속에 빠뜨릴 수 있는 동정심을 들키지 않기 위해 시선을 책상 위에 고정시킨 채 건조한 어투로 물었다. 때때로 의사는 환자와 같은 나약한 인간이 아니라 환자의 목숨을 걸고 신과 내기를 즐길 수 있는 반신반인처럼 행동해야 한다. 그렇지 않으면 인간이 인간을 치유하는건 결코 불가능한데, 치유의 첫 번째 단계는 환자가 의사를 완전히 신뢰하는 것이다.

"휴대전화를 잃어버렸습니다."

하지만 닥터 블랙만은 이미 인내심을 회복한 뒤였다.

"어디서 잃어버렸는데 절 찾아오신 거요?"

양팔이 없는 사내가 정말로 휴대전화를 지니고 있었을까 닥터 블랙만은 잠시 의심하였다가, 설령 그걸 지니고 있었던

들 어떻게 사용했을지 상상해 보았다. 양팔과 함께 휴대전화를 동시에 잃어버리는 끔찍한 사고를 겪은 뒤로 시공간은 물론이거니와 세계와 자신의 경계가 뒤섞이면서 양팔 대신 휴대전화를 찾아 헤매고 있는 것은 아닐까 상상하니 머리카락들 사이로 수만 볼트의 정전기가 흘러가고 소름이 돋았다.

"설마 제가 가져가기라도 했다고 말하는 거요? 아니면 제 집안에서 잃어버렸다는 거요?"

닥터 블랙만은 사내와 벽시계를 번갈아 보았다. 다행히 사내도 그 행동의 의미를 알고 있었다. 만약 그에게 단 하나의 팔이라도 온전히 달려 있었더라면 그는 곧장 벽시계 쪽으로 다가가 그걸 벽에서 떼어내어 바닥에 던졌을지도 모른다. 아니면 주머니 속에서 권총을 꺼내어 상대를 쏘고 난 뒤 자신의 머리에도 총알 하나를 박아 넣을 수도 있었다. 양팔이 없는 환자는 적어도 안전하다는 사실을 닥터 블랙만은 새삼 깨달았다.

하지만 사내는 4시가 되어서 돌아갔고 다음 주 화요일 4시에 다시 찾아오기로 약속했다. 닥터 블랙만은 환자들의 방해 없이 그 사내의 이야기를 듣고 싶어서 일부러 마지막 예약 시간에 그를 배정하였다. 닥터 블랙만에겐 내일 오후 시간도 가능했지만 사내의 개인 사정 때문에 약속을 앞당길 수는 없었다. 오후 3시에 진료가 예약된 환자는 4시가 다 되어서야 비로소 나타났고 아내와의 약속 시간을 맞추려면 우선 그 사내부터 진찰실에서 내보내야 했던 것이다. 여자 환자는 12시부터 외출 준비를 했으나 3시가 넘을 때까지도 자신의 모습에 만족할 수가 없어서 집을 나설 수 없었다고 말했다. 결국 진정제한 알을 삼킨 다음 집을 나섰는데 약기운에 취해 운전 도중 하마터면 큰 사고를 일으킬 뻔 했단다. 결국 견인차를 불러 자동차를 집에 가져다 놓고 택시를 타고 오는 바람에 약속 시간에서 늦었다고. 닥터 블랙만은 그녀에게 진정제를 처방한 뒤 병원 밖에서 20분 째 그녀를 기다리고 있던 택시에 다시 오르는 모습까지 지켜본 뒤 급히 병원 문을 닫고 스프링필드 시내의 프랑스 식당을 향해 전속력으로 자동차를 몰았다. 하지만 러시아워의 차량들 사이에 갇히는 바람에 예약시간보다 그는 한 시간이나 늦었고 결국 아내의 기분을 망치고 말았다. 굴욕감을 누르지 목하고 집으로 곧장 돌아가려는 아내를 간신히 자신에 앉히고, 주문한 훈제 연어요리와 프랑스식 돼지넓적다리 요리가 식탁에 올라오길 기다리면서 닥터 블랙만은 양팔이 공기로 된 사내에 대해 이야기했다.

　사내는 퇴근길에 자동차 사고를 당했다. - 그의 일생은 이라크나 팔레스타인과는 아무런 관계가 없었다. - 이틀에 걸친 수술 끝에 양팔을 제외한 모든 신체를 살려낼 수 있었지만 끝내 기억은 되살릴 수 없었다. 신분증과 소지품은 사고 직후 완전히 사라졌다. 그는 국가의 보조금을 받아 임시 거처에 머물면서 일 년째 사고 지역 주변을 떠나지 못하고 있었다. 그곳은 닥터 블랙만의 병원으로부터 채 300여 미터도 떨어져 있지 않다. 그런데 언제부터인가 자신의 주위에서 휴대전화 벨소리가 들려오기 시작했다. 처음에는 주위에 있는 사람들의 주머니 속에서 들려오는 것인 줄 알았다. 하지만 혼자 머물고 있을 때에도 그것은 들렸다. 처음엔 하루에 한 번 정도 들려오던 것이 밤낮으로 한두 번씩 들리더니 나중엔 5분이 멀다하고 들려왔다. 밤에는 벨소리 대신 진동이 밀려왔다. 그러면 양팔을 잃었다는 사실도 잊고 어둠 속에서 휴대전화를 찾기 위해 침대 주위를 발끝으로 살살이 더듬곤 하였단다. 사내는 불의의 사고로 사지가 잘려나간 사람들에게서 자신과 비슷한 증상이 나타난다는 사실을 알게 되었다. 의사들은 그런 증상을 두고 환지통 또는 환상지통, 환각지통으로 부른다. 팔다리가 사라진 자리에 통증은 계속 남아서 산자를 괴롭히는 것이다. 하지만 사내의 경우는 달랐다. 사내는 통증을 느끼는 게 아니라 제 신체 가까이에서, 어쩌면 팔을 뻗으면 닿을 수 있을 만큼의 공간 안에서, 휴대전화의 벨소리를 감지하는 것이다. 마치 기억을 잃어버린 세상으로부터 누군가 끊임없이 자신과 통화하려고 시도하고 있다는 듯이. 그래서 그는 수술 도중 의사나 간호사가 실수로 전화기를 자신의 몸속에 집어넣은 채 봉합한 게 아닐까 추측하고 엑스레이를 몇 차례 촬영해보았지만 아무것도 발견되지 않았다. 휴대전화가 숨어 있을 곳이 흉부가 아니라 두개골 속이라고 지목한 의사들은 값비싼 단층촬영을 시도하고도 그것을 찾아내지 못했다. 아무런 성과도 없이 퇴원한 뒤에도 사내는 여전히 휴대전화의 벨소리와 진동을 감지한다. 가끔 휴대전화 벨소리는 달라지는데, 저장된 전화번호들을 몇 개의 그룹으로 묶어 서로 다른 통화 벨소리가 울리게 할 수 있는 기능이 휴대전화 속에 내재되어 있다는 걸 그는 알고 있다. 그러니 사내의 행방을 찾기 위해 적어도 세 그룹 이상이 그에게 일 년 동안 꾸준히 전화를 걸어오고 있는 것이다. 배터리 충전 없이 휴대전화가 일 년 동안 작동할 수 있다는 사실은, 수은전지를 갈거나 태엽을 감지 않고서도 그저 손목에 차서 흔들기만 하면 저절로 충전이 된다는 손목시계에 대한 이야기를 듣고 난 뒤부터 이해할 수 있게 되었다. 하지만 벨소리가 언제 멈출지 몰라 그 사내는 몹시 불안하다. 벨소리가 멈추면 그는 더 이상 자신의 기억을 되찾을 수 없을 것이기 때문이다.

"그래서 나는 그 환자에게 신경 안정제를 처방했지. 그러면 적어도 3시간 동안은 휴대전화 소리와 진동은 사라질 수 있겠지."

닥터 블랙만은 돼지넓적다리에서 살들을 발라 아내의 접시 위에 놓아주면서 말했다. 아내는 너무 오랫동안 남편으로부터 괴이한 환자들에 대한 이야기를 들어오고 있었기 때문에 그 사내에 대해 특별한 흥미를 보이지 않았다. 게다가 결혼기념일 저녁 식사만큼은 어느 환자의 괴이한 사연 때문에 방해받고 싶지 않았다. 병원으로부터 자동차로 이틀 정도는 쉬지 않고 달려야 겨우 도달할 수 있는 식당을 예약하지 못한 게 후회되었다. 그랬더라면 남편은 마치 단기 기억상실증 환자처럼 기괴한 환자들의 이야기를 까맣게 잊을 수 있었을 텐데. 그러다가 문득 아내가 남편에게 물었다.

"이번 주말에 코네티컷 강에서 야영하자던 셸리 부부의 문자메시지에 답신을 보냈겠죠?"

"아니, 그런 문자 메시지를 받은 적이 없는데."

그러자 닥터 블랙만의 아내는 낮은 목소리로 중얼거렸다.

"당신의 문제는 양팔이 멀쩡하게 붙어 있는데도 휴대전화를 늘 양팔이 닿지 않는 곳에다가 처박아 두고 다닌다는 것이죠. 이 음식들도 벌써 신물이 나네요."

그러면서 닥터 블랙만의 아내는 양팔을 자신 앞에 놓인 접시를 남편 쪽으로 슬그머니 밀어내었다.

김종옥 후보작 **2층에서**
경희대학교 국어국문학과 대학원 수료. 2012년 『문화일보』 신춘문예 당선.
e-mail : pstay@live.com

2층에서

바람이 많이 부는 날이었다. 나는 입구를 등지고 앉아 있다. 잠시 서로 말이 없다가, 문득 선생님이 입을 열었다.

"올 가을 들어 가장 많이 낙엽이 떨어지는 날이군."

나는 몸을 돌려 선생님이 바라보던 가게 바깥의 나무를 바라보며 그저 '예' 하고 대답했다. 나뭇잎들이 떨어지고 있었다. 나는 잠시 나무가지가 가르쳐주는 바람의 방향을 바라보다가 다시 몸을 돌렸다. 며칠 간 겨울이 온 듯이 추웠다. 사람들은 이미 겨울이 왔다고 느꼈다. 그러다 어제부터 날씨가 풀렸다. 그리고 오늘 나뭇잎들이 바람에 떨어진다. 그 방향이 어디든, 불어오는 것은 그저 바람이라고 생각했던 순간이 있었다. 그 생각은 문득 떠오른 것이었다. 나는 그것이 일종의 비유라고 생각했다. 그래, 그것은 바람일 뿐이지. 무슨 말인지 알겠어?그러니까 내 말은……

하지만 그 다음 말을 나는 생각해내지 못했다. 그리고 그 생각을 잊었고, 지금도 그 다음 말을 알지 못한다.

선생님의 가게를 나와 나는 버스를 탄다. 날이 어두워지고 있었다. 나는 버스를 타고 두 서너 정거장을 간다. 바람이 잦

있다.

불을 밝히기 시작하는 상점들의 거리를 걷는다. 내가 찾고 있는 가게가 나오지 않는다. 저녁은 집에서 먹어야겠다고 생각했다.

나는 아무데고 다시 2층의 카페로 들어간다. 창 밖으로 내가 서 있던 거리가 보인다. 도로 위로 피자 배달부의 빨간색 스쿠터가 지나간다. 어디선가 종이 타는 냄새가 난다고 느꼈다. 아니면 그것은 카레 냄새였는지도 모른다. 하지만 종이 타는 냄새도, 카레 냄새도 아니었을 것이다. 냄새는 금방 사라진다. 나는 무심코 보도 위의 남녀를 바라보고 있다. 곧이어 나는 여자가 울고 있다는 사실을 깨달았다. 그녀는 손바닥으로 눈물을 훔치고 있다. 손바닥으로 눈 주위를 꾹꾹 눌러가며, 마치 어린아이처럼 눈물을 훔치고 있었다. 그러다 불쑥 남자를 안았다. 남자의 몸에 매달린다. 남자는 여자가 하는 대로 내버려 두고 있다. 어쩌면 남자는 여자의 어깨를 가볍게 토닥이고 있는 지도 모른다. 나는 잠시 그 상황이 어떤 것인지 상상해본다. 둘은 뭔가 얘기를 나누고 있다.

그리고 여자는 남자를 떠민다. 아니다. 그것은 마치 떠미는 것처럼 보였지만, 사실을 끌어당기는 건지도 몰랐다. 남자는 한사코 그 자리에 서서 꼼짝하려 하지 않는다. 무슨 일일까? 결국 남자는 혼자 택시를 탄다. 남자가 탄 택시를 쫓아 여자가 고개를 돌린다. 나는 여자의 그 행동을 이미 예상했다. 잠시 여자는 바지 주머니에 양 손을 모두 집어넣고 그 자리에 서 있다. 그러나 곧 여자도 택시를 타고 그 자리를 떠난다. 나는 시선을 한 번도 돌리지 않고 그 모든 상황을 지켜보았다. 2층에서.

화장실에 들어가 거울에 비친 내 얼굴을 한 번 물끄러미 쳐다보고 카페를 나왔다. 집으로 돌아가야 할 시간이다. 바람 한점 없는데도, 낙엽들은 떨어진다. 바람이 불지 않아도 낙엽은 떨어진다는 사실을 알았다. 무슨 말인지 알겠어?

최은영 후보작 바다
1984년 경기 광명 출생. 2013년 『작가세계』 신인상으로 등단.
e-mail : euni153@naver.com

바다

시누이의 결혼식이 끝나고 해운대에 갔다. 모노레일을 타고 사상역까지 갔다가 지하철로 갈아타고 한 시간쯤 걸려 도착했다. 바다를 보고 싶었다면 더 가까운 광안리에 가도 될 일이었겠지만 어쩐지 해운대에 가보고 싶었다.

내 기억 속의 첫 바다는 해운대다. 여덟 살 때 할머니 할아버지가 부산 여행길에 나를 같이 데리고 가주셨다. 그분들은 어디를 가실 때마다 나를 데리고 다니셨는데 덕분에 여러 구경을 했던 것 같다. 봄 바다였고, 사람도 많지 않았다. 태어나서 본 가장 광활한 풍경이었다. 신발을 벗고 바닷모래를 밟아본 것도, 포말에 발등을 적셔본 것도 모두 처음이었다. 무척 들뜨고 놀라서 소리를 지르며 웃었던 것 같다.

그때의 사진이 있다. 깡마르고 작은 나와 꼿꼿하게 서서 나의 손을 잡고 계신 할머니의 모습이 담긴 사진이다. 예민한데다 더 이상 귀엽지도 않은 손녀의 손을 잡고 서 있는 할머니의 종아리는 튼튼하고, 할머니의 얼굴은 아직 젊다. 아마 사진을 찍으신 분은 할아버지셨을 것이다. 그 분은 그 사진을 찍으며 웃고 계셨을까.

지상으로 나가니 4월의 강풍이 불었다. 조금 걸어 해운대에 도착하니 모래바람이 지독했다. 하늘은 잿빛이고, 바다 또한 회색과 황색이 뒤섞인 탁한 빛이었다. 바람이 불어서인지 파도가 요란하게 쳤다. 해수욕장에서 멀지 않은 해상에는 배 두 척이 묶여 파도에 흔들리고 있었다. 사람들은 모래바람을 피해 거리로 올라서고 있었다. 눈과 귀로 들어오는 모래바람을 맞으면서 그곳에서 오래 머물 수는 없으리라고 생각하고 바다에 가까이 다가갔다. 파도가 무섭게 쳤고 나는 행여 신발을 버리지 않을까 두려워서 포말의 끄트머리를 밟으며 걸어갔다.

파도치는 소리는 언제 들어도 무심하고 무정하다. 마음이 없는 커다란 몸이 우는 소리이니 그럴 것이다. 사람이야 바다를 두고 이런 저런 의미를 두겠지만, 바다의 입장에서 사람은 먼지와 다를 바 없다. 아이이든, 젊은 사람이든, 노인이든, 울고 있는 사람이든, 아픈 사람이든 바다에게 사람은 아무 것도 아니다. 그 공평한 무심함 앞에서 나는 할 말을 잃는다. 그 바다 앞에서 나는 내가 시간의 폭력 앞에서 휘청대고 주름지다 먼지가 될 인간이라는 것을 몸으로 느낀다.

내 손목을 잡고 백사장을 걸어가셨을 할머니와 할아버지는 한 때 내 보호자셨다. 일 나간 부모님을 대신해 나를 키워주셨으므로 나에게는 실질적인 부모님이나 마찬가지였던 셈이다. 할머니나 할아버지가 돌아가시면 어떻게 해야 할지 여섯 일곱 살의 나는 자주 상상하곤 했다. 그건 생존의 문제였고 그 생각을 하면 꼭 훌쩍이게 됐다. 사람으로 태어난 이상 모두 죽는다는 것이 어린 나에게는 부당하게 느껴져서였다. 내가 젊은 사람이 되어가는 동안 당연하게도 그 분들은 쇠약해지셨고 나는 그 분들 안에서 어쩔 수 없이 드러나는 인간적인 나약함을 보게 되었다.

그 분들이 돌아가시고 나서도, 내가 죽고 나서도 바다는 꽤 긴 시간동안 이대로 남아 있겠지. 이대로 무심히 남아 남은 숨을 쉴 것이다. 무심하고도 무심하게.

이제 우리에게 바다는 예전의 바다가 아닙니다, 라는 어느 사람의 말이 생각났다. 작년 봄, 바다는 벽이었고, 두드려 깨부술 수 없는 닫힌 문이었다. 항구에 쪼그려 앉아 울던 사람들 앞에서 내내 침묵하던 바다를 슬픔 없이 바라보기란 어려운 일이 되어버렸다. 바다가 무심한 몸이라고 했지만, 무심한 것은 비단 바다만이 아니었다. 나는 사람이 다른 사람의 슬픔 앞에서 그토록 무감하고 무책임해질 수 있다는 사실을 알았고, 누군가의 슬픔을 평가하고 조롱하고 꾸짖을 수 있다는 사실도 알게 되었다. 마음이 없기에, 가슴이 찢어지는 통증을 조금도 나눠가질 수 있는 마음이 없기에, 사람도 벽이 되고 닫힌 문이 될 수 있다는 것을 알아갔다.

사람은 정말 아무 것도 아닐지 모른다. 누군가에서는 '고작 삼백여 명'이라는 숫자로 불릴 수 있고, 누군가에게는 오래 기억될, 애도될 가치가 없는 대상일 뿐일지도 모른다. 사람은 아무 것도 아니라고, 그러니 사람을 위해 마음을 쓰고 울고, 그 사람들이 왜 죽어야 했는지 묻는 일은 낭비에 불과하다고 말할 수 있을지도 모른다. 우리는 서로에게 벽이고 침묵이고 닫힌 문이라고, 그렇게 사는 것이 당연한 것이라고 주장할 수 있을 지도 모른다.

나는 그 말들 앞에서 얼어붙는다.

그 목숨들을 앗아간 것은 바다가 아니라 사람이었고, 나는 이제 바다를 볼 때마다 사람들의 그 차가운 말들을 떠올릴 수밖에 없을 것 같다.

쓰고 싶은 글을 쓸 수 있는 나는 정말 행운아야, 라고 생각해 왔다. 어릴 때부터 글을 써서 책을 내고 싶었는데 서른이 되어서야 그 꿈을 실현할 수 있는 기회를 얻게 되었다. 이 일을 할머니가 될 때까지 할 수 있다면 얼마나 좋을까, 내가 만약 할머니가 될 때까지 쓸 수 있다면, 하고 생각하다가도 그 마음에 거리감을 느끼게 된다. 그 기회를 박탈당한 사람들이 떠올라서이다.

나에게도 꿈이 있는데, 라고 말한 아이의 목소리가 생각날 때마다 눈물이 난다. 아, 나는 이렇게 내가 하고 싶은 일들을 실패하면서도 추구하면서 살 수 있는 기회가 있었는데, 어째서 너는 그걸 빼앗겨버렸을까, 스무 살까지 살아보지도 못하고, 라고 생각하면, 내가 글을 쓸 수 있는 삶을 행운이라고 생각하는 것조차 죄스럽다. 이 죄스럽고 미안한 마음은 영원하겠지. 아무리 시간이 가도, 나에게도 꿈이 있는데, 이렇게 죽고 싶지 않다는 그 목소리는 잊히지 않겠지.

미안해요.

아이들과 손을 잡고, 같이 나들이를 하고, 카메라 앞에 어색하게 서서 함께 사진을 찍고, 그렇게 어린 나이에 허무하게 헤어지리라고는 상상조차 못했던 부모들을 생각한다. 제 부모가 늙어가고, 자신의 보호자에서 보호받아야 할 사람으로 변해가는 것을 보지 못할 아이들과, 함께 자라나고, 서로의 꿈이 어떻게 움트는지 볼 기회를 잃은 언니 오빠들, 형, 동생들을 생각한다. 바다를 바라보던 그 뒷모습들을, 바다 앞에서 내내 생각했다.

살아 있는 한, 계속 기억할 것이다. 영혼이라는 작은 촛불을 빼앗기지 않으려고 애쓰면서. 아픈 마음을 놓지 않는 한 사람으로 남아.

한인준 후보작 데자뷰

1986년 서울 출생. 한국예술종합학교 극작과 졸업. 2013년 『현대문학』신인추천으로 등단.

e-mail : vinq@naver.com

데자뷰

너는 몇 번 죽었니?

아이가 죽음에게 말했다. 오늘 하루동안 아버지는 자살 한 번과 교통사고 두 번. 마지막 교통사고는 어쩌면 자살일지도 몰라. 미아삼거리에서 120번 버스에 받혔지. 똑같은 버스에 두 번 받힐 수는 없었다. 우연일까?

아버지 말고 너의 죽음이 궁금해. 아이가 다시 말했다. 아버지는 나를 낳다가 죽었어.

아이는 계속 죽음을 따라다녔다. 여의도공원 벤치에 앉아 잃어버린 운동화 한 짝을 떠올렸다. 어디에 있을까. 죽음이 다 알 것만 같았다. 너는 이제 어디로 갈 거니?

나는 죽으러 갈 거야. 죽음은 아이가 귀찮았다. 이제 마지막 죽음만이 남았는데

죽음은 아이의 눈동자를 쳐다보았다. 나는 너를 죽일 수도

있다. 너는 밤새 좋아하는 게임을 하고 더 크면 여자랑 바다에 갈 수도 있지. 살아 봐. 아이는 죽음의 왼쪽 무릎을 만지작거렸다. 아이는 죽음이 의심스러웠다. 넌 살아 있는 거 같아.

죽음은 아이를 죽였다.
원효대교로 갔다. 하늘을 올려다보았다. 이제 죽어야지.

죽음 옆에서 아이는 한강을 내려다보았다. 죽음이 하는 말을 잠자코 들었다. 여기서 죽을 거야? 죽음은 아이 때문에 놀랐다. 그러나 바로 고개를 가로저었다. 너무 평범해.

아이는 말이 없어졌다. 이런 기분이구나.

넌 죽으면서 자꾸 늙어갈 거야. 죽음은 아이에게 말했다. 아이는 신고 있던 운동화 한 짝을 한강에 던져버렸다. 아이는 죽음을 죽이고 싶었다. 집으로 돌아와 불이 꺼진 천장을 바라보았다. 천장은 뚫려 있었다.

다음날 아이는 늙어서 죽음을 만났던 공원으로 갔다. 나는 늙었어. 아이는 턱수염을 만지작거리면서 힘겹게 말했다. 죽음은 벤치 위에 운동화를 내놓고 앉아 있었다.

네가 던진 운동화 한 짝일까. 네가 잃어버린 운동화 한 짝일

까. 아이는 아무래도 상관 없다는 생각이 들었다. 죽음에게서
운동화를 뺏었다.

　죽음은 아이에게 죽음이라는 이름을 지어주었다. 이제 마
지막 죽음만을 앞두고 있었다.

오한기 후보작 비브 호텔에서의 하룻밤

1985년 안양 출생. 동국대학교 문예창작학과 졸업.
2012년 『현대문학』 등단. 단편집 『의인법』. 후장사실주의자.

비브 호텔에서의 하룻밤

그해 가을 나는 비브를 만났다. 비브와 나는 해안가에 있는 호텔에 머물고 있었다. 그렇다고 우리가 특별히 친분이 있는 건 아니었다. 비브는 바다가 내다보이는 객실에 묵는 손님이었고, 나는 당직실에 기거하는 갓 스물을 넘긴 벨보이였다. 비브와 나는 우연한 기회에 이야기를 몇 마디 나눴을 뿐이었다. 내가 비브에 대해 아는 건 여기까지다. 나는 그의 이름도 모른다. 그래서 그를 그냥 비브라고 부르겠다. 비브는 우리가 있었던 호텔 이름이다.

비브 호텔은 제법 큰 호텔이었다. 백 오십 여개의 객실이 들어서 있었고, 지하에는 실내 테니스장과 헬스클럽, 스크린 골프장과 볼링장이 들어서 있었다. 옥상에는 영화관과 작은 바와 수영장도 있었다. 객실 사이사이에는 연회장과 회의실도 있었는데, 가끔 기업 연회나 세미나 같은 행사가 열리는 것 같았다. 같은 층이라도 객실과 부대시설에 따라 입구와 출구가 달랐기 때문에 비브는 처음 이곳에 왔을 때 길을 헤매다 지쳐 매번 호텔 직원의 안내를 받았다고 했다. 나 역시 처음 이곳에 왔을 때 길을 찾아 복도와 비상구 사이를 쉴 새 없이 뛰어다녔다. 아무리 달려도 같은 곳이었고, 아무리 찾아도 다른 곳이었다. 비브는 자신의 방을 찾다가 포기하고 자리에 주저앉아 흐느낀 적도 있다고 했는데, 나도 비슷한 경험이 몇 차례 있었다.

시간이 지나자 비브는 호텔에 익숙해졌다. 비브는 느지막이 일어나 해안가를 돌아다니다가 어둑해질 무렵 돌아왔다. 그는 항상 혼자였다. 허드렛일을 하느라 이리저리 돌아다니고 있으면 그와 자주 맞닥뜨렸다. 나는 그에게 팁을 받기 위해 살짝 웃음을 지으며 인사를 꾸벅했다. 비브는 인사를 잘 받아주었지만 팁은 여간해서는 주지 않았다. 나는 개인의 성향에 따라 그럴 수도 있다고 생각했지만 다른 벨보이들은 그런 비브를 싫어했다. 언젠가 그는 술에 취해 노골적으로 팁을 달라는 벨보이에게 심한 욕을 한 적도 있었다.

언제부턴가 벨보이들은 비브를 괴롭히기 시작했다. 벨보이 중 하나가 새벽에 비브에게 전화를 걸었다. 비브가 전화를 받으면 끊어버렸다. 괴성을 지르거나 야릇한 신음소리를 내기도 했다. 그 이후 비브는 아예 전화선을 뽑아놓았다. 그러자 또 다른 벨보이는 비브가 외출한 틈을 타 비브의 방에 들어갔다. 그는 비브의 소지품을 훔쳤다. 다른 벨보이들도 동참했다. 비상구와 소방로를 통해 CCTV의 사각지대로 객실에 들어가는 건 벨보이라면 식은 죽 먹기였다. 나도 선배들의 강압에 못 이겨 비브의 속옷을 훔쳐온 적이 있었다. 돌이켜보면 비수기라 무료했던 벨보이들이 더 짓궂게 장난쳤던 것 같다.

처음에 소지품이 사라지기 시작했을 때 비브는 자신의 부주의일 거라고 생각하며 대수롭지 않게 여겼다. 그러나 다음 날에도, 그 다음날에도 소지품이 하나 둘 없어지고 마침내 지갑 속의 신분증까지 분실됐을 때 자신에게 무언가 이상한 일이 벌어지고 있다는 것을 깨달았다. 돈이나 노트북처럼 값이 나가는 물건은 그대로였고 자질구레한 물건들만 조금씩 없어지는 걸로 봐서 강도가 아니라 자신을 약 올리기 위한 장난으로 느껴졌다.

비브가 이성을 잃은 건 분실물이 모두 돌아왔을 때였다. 어느 날 비브가 아침에 산책을 나가기 위해 문을 열었을 때 복도에 잃어버린 물건들이 널브러져 있었다. 창녀 새끼. 이런 문장이 적혀 있는 쪽지도 있었다. 누구인가. 누구란 말인가. 비브가 소리를 질렀다. 긴 복도는 침묵을 지켰다. 나는 선배 벨보이들과 함께 저 멀리에서 비브의 모습을 킥킥대며 지켜보고 있었다.

비브는 그 길로 프런트를 찾았다. 누군가 나를 괴롭히고 있다. 비브가 직원에게 말했다. 직원은 비브를 이상한 눈으로 바라보았지만 비브는 계속 CCTV를 확인해 보자고 했다. 그러나 비브의 방 근방을 촬영한 CCTV로는 정확히 누가 비브에 방에 들어갔는지 보이지 않았다. 비브의 방이 있는 5층 복도에는 비브를 포함한 객실 손님들과 룸메이드와 벨보이들만 오가고 있었다. 수상한 사람은 얼씬도 하지 않았다. 직원은 언짢은 표정으로 우리 호텔에서는 그런 일이 한 번도 일어나지 않았으니 다시 한 번 잘 찾아보라고 했다. 비브는 꺼림칙한 표정으로 뒤돌아섰다.

그런데 무엇을 잃어버렸나요?

그때 직원이 물었다. 비브는 소지품들을 잃어버렸는데 다시 찾았다고 했다.

다시 찾았다고요?

직원은 이렇게 말하며 비브를 다시 이상한 눈으로 바라보았다. 그날부터 비브는 자신이 무언가 착각하고 있다고 의심하기 시작했다. 그게 아니라면 자신이 기나긴 꿈을 꾸고 있거나 원인 모를 환각에 휩싸였다고 생각했다.

그 이후 벨보이들은 비브에게 흥미가 떨어졌다. 더 이상 비브를 골리지 않았다. 내 기억이 맞다면 뉴스에도 나올 만큼 큰 규모의 세미나가 이곳 비브 호텔에서 일주일 동안 열렸기 때문에 우리는 정신없이 바빴다. 수많은 정치인들과 교수들과 기자들이 호텔을 찾았다. 그들은 인사도 잘 받아줬을 뿐만 아니라 팁도 많이 주었다. 벨보이들은 비브 따위는 잊은 지 오래였다. 비브도 한동안 평온하게 지냈다.

그러던 어느 날이었다. 비브가 외출을 하고 돌아왔을 때 방에 도둑고양이가 대여섯 마리가 어슬렁거리고 있었다. 그 고양이들은 며칠을 굶었는지 예민해져 있었고, 비브를 보자마자 달려들었다. 창문도 깨져 있었고, 침대위에는 오물도 잔뜩 뿌려져 있었다. 정액이 가득 찬 콘돔들도 방 여기저기 흩어져 있었다. 프런트에서 연락을 받고 고양이를 잡으러 갔을 때 경찰관과 호텔 지배인이 비브와 이야기를 하고 있었다. 비브의 몰골은 처참했다. 고양이들이 할퀸 자리는 피투성이었고, 머리는 헝클어져 있었으며, 몸은 벌벌 떨고 있었다. 누구일까. 비브가 중얼거렸다. 누구일까. 나도 중얼거렸다. 이제 벨보이들도 아니었다.

지배인은 사과의 뜻으로 비브에게 스위트룸을 무료로 제공하려고 했지만, 비브는 날이 밝는 대로 첫차를 타고 이곳을 떠나기로 마음먹었다. 경찰과 지배인이 떠나고 나서도 비브는 겁에 질린 채 웅크리고 앉아 있었다. 내가 고양이들을 전부 내보내고 인사를 꾸벅하자 비브는 나를 붙잡았고, 돈은 넉넉히 줄 테니 날이 밝을 때까지만 이곳에 같이 있어 달라고 했다.

그뒤 우리는 비브의 방 발코니에서 맥주를 마시며 이야기를 나눴다. 발코니에서는 바다가 보였지만, 시간이 흘러 밤이 깊어지자 아무 것도 보이지 않았다. 파도 소리도 들렸지만, 시간이 흐르자 점차 둔감해져서 아무 것도 느껴지지 않았다. 해안가에서는 세미나와 관련된 연회가 열리고 있었다. 노래도 불렀고, 소리도 질렀고, 폭죽도 터뜨렸다. 우리는 한 동안 별 말 없이 그 풍경을 바라봤다. 잠시 뒤 연회가 끝나자 사위는 조용해졌다. 그때 비브가 입을 열었다. 비브는 처음에는 자신만 보면 버릇없이 구는 벨보이들을 의심했다면서 대신 사과한다고 했다. 나는 약간 찔렸지만 모르는 척 했다. 이제 알겠다. 나를 괴롭히는 건 너희들이 아니라 초현실적인 존재다. 비브가 말을 이었다. 나는 초현실적인 존재라면 유령이나 처녀

귀신을 일컫는 거냐고 물었다. 비브가 고개를 끄덕였다. 비브는 이 호텔은 여행 중에 잠깐 들른 곳일 뿐이지 자신과 아무런 관련도 없다면서 유령이 아니라면 누가 자신에게 대체 이런 짓을 하겠냐고 했다. 듣고 보니 비브의 말이 맞는 것 같았다. 어느 순간부터 나는 나도 모르게 비브의 방에 누군가 몰래 들어오는 장면을 상상하고 있었다. 그는 벨보이 유니폼을 입고 있었다. 나는 소리를 죽인 채 그를 따라 갔다. 그는 비브의 방을 어지럽히고 있었다. 누구신가요? 내가 물었다. 그는 내 말을 못 들었는지 계속 비브의 가방을 뒤지고 있었다. 내가 그의 어깨를 잡았다. 그때서야 그는 뒤를 돌았다. 그의 얼굴을 뻥 뚫려 있었고, 그 너머로 깊은 어둠이 보였다. 나는 겁이 나서 생각을 떨치기 위해 고개를 가로 저었다. 그때 비브가 나를 물끄러미 바라보며 생각하면 할수록 모든 게 비현실적으로 느껴진다고 중얼거렸다.

바다가 내다보이는 호텔방에서 어린 벨보이와 이렇게 이야기를 나누는 것도 말이지.

비브가 덧붙였다.

김의경 후보작 ㅊㅊㅊ ㅊㅊㅊㅊ
1978년 서울 출생. 성균관대 국문과 졸업. 2014년 『한국경제』 청년신춘문예로 등단.
장편소설 『청춘 파산』이 있다. e-mail : mulgunamu33@hanmail.net

ㅊㅊㅊ ㅊㅊㅊㅊ

그가 내 머리 위에 살고 있다는 것을 알게 된 것은 이사하고 한참이 지나서였다. 밤늦게 잠들어 11시 즈음 느지막이 일어나던 나는 그 집에서의 첫날 아침, 평소보다 이른 시간 규칙적인 마찰음 소리에 잠에서 깨어났다. 그것은 의심할 것도 없이 마당을 쓰는 소리였다. ㅊㅊㅊ ㅊㅊㅊㅊ. 나는 그 소리로 시간을 추측했으므로 나중에 그것은 시계초침소리로 느껴지기도 했다. 그는 매일 아침 9시에서 10시까지 한 시간 동안 마당을 쓸었는데 낙엽이 떨어진 시기도 아니고 왜 저렇게까지 청소를 해야 하는지 이해가 안 될 정도였다. 반지하 내 방의 창문에 비친 실루엣을 통해 그가 키가 작은 것으로 보아 주인집 늦둥이 아들이겠거니 짐작했을 뿐이다. 그 아이는 가끔씩 입으로 "ㅊㅊㅊ ㅊㅊㅊㅊ"라고 소리를 내기까지 해서 나는 도대체 주인집 아들이 몇 살일까 생각해보곤 했다. 이사 오던 날 주인여자는 나에게 자신의 두 딸은 독립해서 따로 산다고 말했었다.

집주인은 머리가 벗겨진 육십대 남자였는데 우리 집 강아지가 자기 집 앞에 똥을 안 싸게 해달라는 말을 전달하기 위해 아내를 대신 보낼 정도로 소심한 남자였다. 주인여자는 월세가 하루만 늦어도 찾아올 정도로 잔소리가 심한 편이었지만 내가 조금만 강경하게 나가도 저자세로 사과할 정도로 역시 소심한 여자였다.

유난히 글이 써지지 않던 어느 날, 마감을 이틀 앞둔 나는 새벽 두 시가 지난 시간에 누군가의 욕설 소리를 들었다. 연이어 무언가 우당탕 떨어지는 소리가 들렸고 경찰차까지 출동했다. 진원지는 다름 아닌 윗집이었다. 카디건을 걸치고 구경 온 이웃 여자의 말에 따르면 주인아저씨가 술만 먹으면 집안 집기를 때려 부서서 이웃의 신고로 경찰이 출동하는 일이 잦다고 했다. 나는 주인아줌마의 얼굴이 어딘가 어두운 이유가 있었구나, 생각했을 뿐이다.

그 다음날 역시 나는 비질 소리에 깨어났는데 이번에는 한두 시간 늦게 쓸면 안 되겠느냐고 부탁해보자는 마음에 슬리퍼를 끌고 밖으로 나갔다. 규칙적으로 흠흠 헛기침을 하며 박자를 맞추고 있는 그는 길에서 가끔 본 적이 있는 다운증후군이었다. 얼굴이 둥글고 모두가 비슷하게 생긴, 21번 염색체가 3개이기 때문에 나타난다는 선천성 질환 말이다. 그가 날 보더니 흠칫 놀라며 말했다.

"안녕하세요."

나도 고개를 까닥여 인사를 했다. 하지만 하려던 말을 전달하진 못했다.

밤늦게 들어온 현호에게 나는 윗집에 '다운이' 아저씨가 산다고 말했다. 현호는 몇 번 그를 보았다고 했다. 현호가 담배를 피우면 입과 코를 막고 후다닥 집으로 들어간다며 웃었다.

가을이 되자 그의 빗자루질은 더욱 활기를 띠었다. 자기 집 앞의 낙엽을 쓰는 것은 물론 내 방 앞의 낙엽도 말끔히 쓸었다. 그는 늘 집앞을 깨끗이 하라고 훈련받은 모양이었다. 한 시간의 빗자루질은 두 시간이 되었다. 츠츠츠 츠츠츠츠. 두 시간 동안 끊이지 않고 비질이 계속되었다. 한번은 몰래 그가 비질하는 것을 구경했는데 사뭇 진지한 표정으로 박자에 맞춰 손과 입을 츠츠대는 것을 보니 헛웃음이 나지 않을 수 없었다.

가을이 끝나갈 즈음, 주인아저씨가 우리 집 문을 두드리더니 말했다.

"바깥양반 아직 안 왔어요? 집에 오면 위층으로 올라오라고 전해줘요."

"네, 신랑 오면 그러라고 할게요."

우리는 아직 부부는 아니었지만 타인의 간섭이 싫어 서로를 아내와 신랑이라 칭했다. 나는 현호가 회사에서 돌아오자마자 윗집에 올라가보라고 말했다.

현호는 한 시간이 더 지나서야 내려왔다. 얼굴이 벌건 것이 아저씨랑 한잔 걸친 모양이었다.

"야, 너 말 좀 조심해. 네가 다운이라고 한 거 다 들었대. 자기에겐 그게 너무 큰 상처라고 좀 조심해달래. 다른 사람들한테 피해 줄까봐 거의 평생 집 안에만 두고 키웠대. 아들이 착하고 겁도 많다고 나쁘게 보지 말아달래. 강아지 무서워한다고 하더라. 그나저나 저 아저씨 알코올 중독인 거 같아. 대낮부터 마신 것 같더라."

그러고 보니 엊그제 잠에서 깨어난 나는 창문의 실루엣을 향해 크게 말했다.

"다운이 또 빗자루질 한다. 나 자야 하는데."

밤을 새워서 기사를 마감해 보낸 다음날이었다. 아마도 다운이 옆에 주인아저씨가 함께 있었던 모양이다. 그래도 나는 주인아저씨에게 미안한 마음이 들진 않았다. 며칠 전에도 그는 술을 마시고 아내에게 욕설을 퍼부었고, 겁에 질린 얼굴로 "아버지 무서워요!" 하며 집에서 나오는 다운이를 보았기 때문이다.

"어떻게 사람을 평생 가둬놓고 키우냐? 동물도 아니고."

"평생 이 집이랑 시장만 왔다갔다 했다더라. 하루종일 집에 있다가 일주일에 세 번 장보러 외출하는 거지. 그리고 서른 살까지 이 방에서 키웠대."

"이 방?"

"딸들이 입시공부 취업 공부를 해야 하니까 아들은 아래층 반지하방을 쓰게 하고, 삼 년 전에 누나들 직장 근처에 원룸 얻어주고 여기 세놓고서는 일층으로 올려 보낸 거지. 윗집이 우리랑 구조가 똑같아. 지금 아들이 쓰는 방이 바로 이 방 위야."

현호가 눈꺼풀에 연민을 담아 말했다.

"아저씨도 안됐어. 세입자들이 택배가 사라지면 다운이를 의심했다고 하더라고."

주인아저씨는 아들이 장애인인 것이 창피한 모양이었지만 나는 별 상관이 없었다. 그것은 주인아저씨가 내가 개를 키우는 것을 문제 삼지 않는 것과 비슷한 것이었다.

그날 밤 나는 쉬이 잠이 오지 않았다. 내가 작업실로 쓰고 있는 이 방은 현호가 쓰고 있는 큰 방의 절반도 안 되었다. 작은 방이 아늑한 느낌이 들어서 나는 밤늦게까지 이곳에서 일하다가 그대로 잠드는 날이 많았고 우리는 뜻하지 않게 각방을 쓰게 되었다. 이 아늑한 방이 누군가에게는 감옥이었다고 생각하니 기분이 묘했다. 게다가 그는 삼 년 전, 내 머리 위에 있는 이 방과 똑같은 방으로 몸만 옮겨갔을 뿐이었다. 그는 평생 이 방에서 가장 많은 시간을 보낸 셈이었다. 무려 서른 번의 사계절을 보낸 것이다. 마당의 봄꽃을, 벚꽃을, 낙엽을, 눈을 쓸어 담는 것이 그의 인생의 전부였다. 츠츠츠 츠츠츠츠. 그 소리는 시공간을 모두 담고 있는 소리였다. 나는 왠지 공기가 탁하게 느껴져 방문을 조금 열어두고 잠을 청했다.

다음날 아침, 그는 비질을 하다가 내가 데려나온 강아지를 보고 뒷걸음질 쳤다.

"안 물어요. 지금 요기 앞에 공원으로 산책 가는데 같이 갈래요?"

그가 고개를 세차게 저으며 말했다.

"안 돼요. 아버지한테 혼나요."

아저씨는 일하러 나간 모양인데도 그는 겁이 나는 모양이었다.

며칠 뒤 나는 잠시 문을 열어두고 슈퍼에 다녀왔다. 집에 들어가려는데 우리 집 현관문 쪽에서 이상한 소리가 들렸다. 그가 우리 집 강아지에게 돌을 던지고 있었다. 그가 우리 집 앞에서 비질을 하자 강아지가 짖어댔고 급기야 문을 밀고 뛰쳐나온 모양이었다. 나는 잔뜩 겁을 집어 먹고 돌을 하나 더 던지려는 그를 밀쳐냈다. 그는 벽에 찰싹 달라붙어 입으로 츠츠츠 츠츠츠츠 침을 튀겨댔다.

"저리 가요! 이리로 오지 말라고!"

나는 그에게 손짓을 하며 소리쳤다. 그는 귀를 틀어막더니 작은 계단을 통해 일층 자기 집으로 도망치듯 들어갔다. 저러다가 개에게 물리면 내가 책임져야 하나? 짜증이 왈칵 밀려들었다.

그날 밤, 위층 방에서 츠츠츠 소리가 들려왔다. 빗자루 소리처럼 크진 않았지만 그건 분명 츠츠츠 소리였다. 집 안에서도 비질을 하나? 아예 터무니없는 생각은 아니었다. 평생 그가 학습한 거라곤 비질을 하는 것이니 그는 여가시간도 비질을 하며 보낼지도 모를 일이었다. 층간소음이라고 할 정도는 아니었지만 그 작은 소리는 집요하게 잠을 방해했다. 위층으로 올라가 따지기도 뭣했다. 그가 층간소음이 뭔지 알 리가 있겠는가. 다시 자리에 누워 잠을 청하자 좁은 곳에 갇혀 있는 듯 답답했다. 문을 열어도 답답한 느낌은 떨쳐지지 않았다. 결국 나는 현호의 방으로 가서 잠을 청했다.

다음날 나는 역시 그의 비질 소리에 잠에서 깨어났다. 나는 커피를 한 잔 마신 후 지갑을 들고 밖으로 나갔다. 때마침 그가 장바구니를 들고 내 옆을 지나가고 있었다. 그때 차가 우리 옆을 지나갔다. 그는 오랜 시간 훈련받은 것이 분명한 날랜 동작으로 몸을 벽에 딱 붙이고 이빨 사이로 침을 빨아들였다. 그의 입에서는 츠츠츠 츠츠츠츠 하는 소리가 났다.

며칠 뒤, 첫눈이 내렸다. 나는 내 방 앞에 쌓인 눈을 말끔히 치워 준 그에게 차를 한 잔 대접했다. 그가 마당에서 차를 마시는 나를 물끄러미 바라봤기 때문이다.

"이거 좀 줄까요?"

그가 기다렸다는 듯이 고개를 끄덕였다. 나는 강아지를 화장실에 가두고 그를 방으로 들였다. 그가 커다란 귀마개까지 하게 만든 영하의 날씨였다. 그는 내가 물을 끓이는 동안 내 방의 책상에 앉아 있었다. 그에게 차와 과자를 건네며 물었다.

"참, 전에 이 방에 살았다면서요?"

그는 과자를 입안에 몽땅 털어 넣으며 고개를 끄덕였다. 우리는 한동안 아무 말 없이 각기 멀뚱히 앉아 있었다. 갑자기 그가 자리에서 일어나 벽으로 다가가더니 짐승의 발처럼 손톱을 구부려 벽을 긁기 시작했다. 벽에 다가가 보니 벽지에 손톱으로 긁은 자국이 뚜렷이 나 있었다. 그는 내가 차를 다 마실 때까지 벽을 손톱으로 북북 긁었다. 나는 그에게 그러지 말라고 소리쳤고 그는 겁을 먹었는지 금세 자기 집으로 돌아갔다.

저녁에 현호에게 벽지에 대해 말하자 그가 생각났다는 듯이 말했다.

"아 그거, 주인아저씨가 그러는데 어려서부터 벽을 긁는 버릇이 있었대. 누나들이 그 소리를 그렇게 싫어해서 반지하방으로 보냈는데 갈수록 더 심해지더래. 아저씨가 언제든 말하래. 도배 해준다고."

그러고 보니 방 곳곳에 희미한 손톱자국이 남아 있었다. 나는 서둘러 이사를 들어오느라 도배도 하지 않은 것을 새삼 후회했다. 전에는 보고도 못 자국이겠거니 생각하고 괘념치 않던 자국이 자꾸만 신경이 쓰였다. 나는 그를 괜히 집에 들였다고 생각했다.

그날 밤에도 여지없이 츠츠츠 소리가 들려왔다. 츠츠츠 츠츠츠. 한번쯤 츠츠 츠츠츠츠 할 수도 있으련만. 단 한 번도 어긋나지 않는 박자가 소름 끼칠 정도로 섬뜩했다. 자꾸만 작고 어두운 방 안에서 똑같은 속도로 손톱에 피가 나도록 벽을 긁어대는 아이가 생각났다. 나는 참지 못하고 빗자루를 들어 천장을 퉁퉁 두드렸다. 금세 아무 소리도 들리지 않았다. 이번에는 퉁퉁퉁 퉁퉁퉁퉁, 하고 두드렸다. 역시 환청이었어, 생각하고 자리에 앉는 순간 츠츠츠 츠츠츠츠 하는 소리가 들려왔다. 나는 한 번 더 두드렸다. 그는 더 크게 일곱 번 화답해왔다. 욕을 내뱉으며 당장 위층으로 올라가볼까 하다가 베개를 들고 옆방으로 건너갔다. 혹시 그가 방안에 갇혀 있어 손가락으로 바닥을 긁고 있는 게 아닐까 하는 생각도 들었다.

  방을 옮겼는데도 그 소리는 내 주변을 떠나지 않았다. 다음 날 현호에게 다운이가 일부러 장난을 친다고 말했지만 현호는 자기는 아무 소리도 듣지 못했다고 말했다.

  겨울이 끝나갈 무렵, 나는 그에게 밤에 츠츠츠 소리를 내지 말아달라고 말하기로 결심했다. 아홉 시, 어김없이 그의 비질 소리가 나를 잠에서 끌어내렸다. 나는 겉옷을 걸치고 밖으로 나갔다. 그가 입과 손으로 츠츠츠 츠츠츠츠 하며 비질을 하고 있었다. 삼십삼 년간 반복되어온 일이었다. 그가 나를 보더니 빙그레 웃었다.

  그가 뒤돌아 다시 비질을 하기 시작했다. 입으로는 츠츠츠 츠츠츠츠 침을 튀기면서. 얼마나 시간이 흘렀는지 모르겠다. 일 년 아니, 십 년은 더 흐른 듯했다. 나는 한참동안 그 자리에 서 있었다.

  제발 그만 좀 하라는 말이 입에서 튀어나오려는 순간, 그는 어느새 새빨개진 귀를 양손으로 감싸고 일층으로 통하는 짧은 계단을 오르고 있었다.

신강우 후보작 **로즈카페**

전남 고흥 출생. 2012년 『서울문학』으로 등단. 산문집 『신강우 선장의 유쾌한 항해기』
e—mail : poetskw@hanmail.net

로즈카페

나는 홍콩에서 대만, 부산 그리고 일본을 다닌 컨테이너선을 타고 있었다. 선원은 필리핀, 인도네시아 그리고 중국인으로 구성되어 있었다. 배가 부산에 입항하면 선원들은 눈에 불을 켜고 상륙했다. 귀선하는 그들 손에는 큰 박스가 들려 있었다. 큰 박스 안에는 검사에 불합격한 리복신발이 가득 들어 있었다. 선원들은 부산에서 리복신발을 한 켤레에 미화 10불에 사서 집으로 보내 미화 50불에 팔았다.

갑자기 돈이 필요하여 항해당직을 선 2항사에게 손을 내밀었다.

"2항사, 돈 좀 빌려주겠니?"

나는 선원들이 돈을 많이 가지고 있다는 것을 이미 알고 있었다.

"선장님, 얼마만큼 돈이 필요합니까? 저는 지금 미화 8,000불을 가지고 있습니다."

나는 2항사의 말을 듣고 놀랐다. 그의 봉급은 미화 800불이었다. 그는 그의 10개월의 봉급에 해당하는 많은 현금을 가지고 있었다.

"미화 2,000불만 빌려주겠니?"

그는 침실로 내려가 미화 2,000불을 가지고 와 나에게 주었다.

"선장님, 돈이 없으면 천천히 돌려주세요."

다른 배 선원들은 보통 미화 300불이나 많으면 미화 500불을 가지고 있었다.

이렇게 돈을 잘 번 배에 문제가 생겼다. 그게 갑자기 배의 항로가 싱가포르에서 호치민으로 바뀐 것이다. 싱가포르 호치민을 다닌 배가 문제가 많아 우리 배를 부른다고 했다.

홍콩에서 싱가포르로 출항하니, 여러 선원들이 나를 찾았다. 그들은 손에 하선신청서를 들고 있었다.

"선장님, 싱가포르에서 하선하려고 합니다."

"갑자기 집에 가려는 이유가 있니?"

"선장님, 아내가 아들이 병원에 입원했다고, 빨리 귀국하라고 합니다."

그들은 적당한 이유를 붙여 집에 가겠다고 했다. 승선계약을 연장하여 배를 타고 있어 언제든지 집에 갈 수 있는 선원들이었다.

배가 싱가포르에 입항하니, 여러 선원들이 승선했다. 그중에는 조리사도 끼어 있었다. 조리사는 마닐라 큰 호텔 주방에서 일했는데, 돈이 안 되니 배를 탄다고 했다. 그의 큰동서가 마닐라 선원송출회사 사장이었다. 배가 처음이라 조리사는 조그만 파도가 쳐도 멀미를 하느라 빌빌거렸다.

배가 호치민 부두에 접안하니, 선원침실 통로에서 아주 예쁜 아가씨가 조리사와 웃어대며 떠들어대고 있었다. 내가 통로를 지나니, 그 아가씨가 인사를 했다. 조리사가 머뭇대더니, 입을 열었다.

"선장님, 이번 부식을 로즈선식에서 실으려고 합니다. 얼마만큼의 부식을 실을까요?"

"미화 2,500불 정도의 부식을 실어라."

그 여자가 로즈선식에서 온 것 같았다. 내가 침실로 들어와도, 오랫동안 조리사와 그 여자가 떠들어대는 소리가 들렸다.

나는 5년 전, 호치민에서 많은 돈을 잃었다. 커다란 호텔직원들이 영어를 몰랐다. 환전을 할 수 없었다. 그래서 거리에서 환전하다가 속임수에 넘어갔다. 그때부터 호치민이 꼭 도둑놈의 동굴같이 보였다. 그래서 상륙하지 않았다. 배가 호치민에 있으면 조타실 갑판에서 커피를 마시며 사이곤강의 강물 소리를 들었다.

출항하여 부식가격표를 보니, 부식이 비쌌다.

"조리사, 로즈선식의 부식이 너무 비싸다. 다음부터는 시장에 가서 부식을 사라."

경비원이 부식을 시장에서 사서 차로 가져와도 된다고 했다. 내 말을 듣고 조리사가 아주 슬픈 표정을 지었다.

배가 호치민 부두에 있으면 조리사가 아주 바빴다. 조리사는 시간만 있으면 부두정문 가까이에 있는 로즈카페에서 맥주를 마시며 로즈를 보았다. 선원들은 이름을 잘 모르니 그 여자를 로즈라고 불렀다.

기관장도 시간만 있으면 밖으로 나가 로즈카페에서 술을 마셨다. 기관장은 나이가 40살이었는데, 아직 총각이었다. 기관장과 조리사가 같이 앉아 있으면 로즈는 기관장에게 착 달라붙어 애교를 떨어댔다. 조리사는 웃으며 그러한 것을 보고 있었다.

로즈삼촌이 호치민 중심가에 있는 커다란 로즈클럽을 운영했다. 로즈는 낮에는 로즈선식을 하고, 로즈카페에서 일했다. 밤이 되면 로즈는 미니밴으로 선원들을 로즈클럽으로 데리고 갔다. 밤에 로즈는 로즈클럽에서 댄서로 일했다. 고객과 춤을 추다가 시간이 되면 선원들을 미니밴으로 부두정문까지 데려다 주었다.

배가 부두에 접안하면 여러 카누들이 과일과 선원들이 필요한 여러 물품들을 가지고 와서 선원들에게 팔았다. 부두가 사이곤강에 있다. 조리사는 주방의 고철을 주고 여러 종류의 과일들을 샀다. 밤이면 과일들을 로즈카페로 가지고 갔다.

항해 중에 조타실로 가니, 당직조타수가 아주 슬픈 표정을 지었다.

"선장님, 조리사가 불쌍해요. 로즈가 로즈카페에서 기관장과 그렇게 아양을 떨어대며 웃어도, 로즈클럽에서 기관장과 같이 자주 춤을 추어도, 조리사는 그저 웃기만 해요. 조리사를 보고 있으면 가슴이 아파요."

사관식당에서 아침을 먹고 있는데, 조리사가 좋다고 웃어댔다.

"선장님, 어젯밤 로즈와 춤을 추었어요. 생일이라고 했더니, 같이 춤을 추자고 했어요."

조리사는 딱 한 번 로즈와 춤을 추었다. 그게 그렇게 좋아 종일 혼자 웃어댔다. 이러한 불미한 것을 해결해야 했다. 나는 처음에 조리사를 불렀다.

"조리사, 너는 나이가 이미 50살이 넘고, 처자식이 있지 않니? 기관장은 아직 총각이고 봉급이 많다. 기관장과 경쟁한다는 것은 불가능에 가깝다. 로즈를 포기해라."

조리사는 내 말을 듣고, 오랫동안 고개를 숙이고 있었다. 그러더니 고개를 들었다.

"선장님, 잘 알았습니다. 선장님 말씀대로 하겠습니다."

조리사는 내 집무실을 나가더니, 로즈를 보려고 부두정문으로 가고 있었다. 다음날 나는 기관장을 불렀다.

"기관장, 조리사가 로즈를 사랑한 것을 잘 알고 있지 않아요? 로즈를 멀리 하는 게 좋겠네요."

기관장이 좀 머뭇댔다.

"나는 로즈를 좋아하지 않습니다. 로즈가 내가 좋다고 그러는데, 어떻게 해요. 선장님이 오해할지 모르겠는데, 선원들이 어디 돈이 있습니까? 그래서 선원들이 마시고 먹는 것을 제가 지불합니다. 그래야 선원들이 나를 따라올 것 아닙니까?"

바쁘다고 기관장이 바로 일어섰다.

기관장도 내 집무실을 나가더니, 로즈카페로 가려고 부두정문으로 가고 있었다.

　기관장이 기관실에서 일하다가 계단에서 떨어져 허리를 조금 다쳤다. 기관장은 병원에 안 가고 배에서 치료했다. 기관장이 병원에 가는 것을 원하지 않았기 때문이다. 내가 놀란 것은 로즈가 예쁘게 화장을 하고 아침저녁으로 기관장의 특별음식을 가지고 배로 오는 것이었다. 로즈는 선식을 하고 있어서, 언제든지 부두정문을 통과할 수 있었다. 로즈가 배로 오면 조리사가 로즈를 따라다녔다. 꼭 수행원 같았다. 기관장이 로즈와 재미있게 이야기를 하는 것을 옆에 앉아 보고 있었다. 로즈가 웃으면 조리사도 좋다고 웃었다.

　본사에서 기관장 집에 문제가 있으니, 빨리 하선시키라는 전문이 왔다. 기관장이 귀국하는 날, 선미갑판에서 나는 기관장과 같이 커피를 마시고 있었다.

　"기관장, 이제 로즈를 어떻게 할 거요?"

　기관장이 한동안 하늘에 떠가는 구름을 바라봤다.

　"선장님, 로즈는 돈만 원하는 여자예요. 나는 그러한 여자를 떠나면 잊어버려요. 상륙하면 나는 춤을 추고 같이 술을 마실 여자가 필요합니다. 로즈는 나의 파트너일 뿐입니다."

　기관장이 귀국하고 1주일 후에, 조리사가 1항사와 같이 나를 찾았다.

　"선장님, 승선계약을 1년 연장하려고 합니다."

　조리사는 이미 10개월 넘게 배를 타고 있었다. 그의 승선계약은 1년이었다. 회사에서는 선장에게 만기 2개월 전에 선원들의 하선과 승선연장에 대한 것을 알려달라고 했다.

"조리사, 너는 아내도 있고 애들도 있지 않니? 1년이 지나면 집에 가거라."

나는 조리사의 이상한 짝사랑에 종지부를 찍어야 한다고 생각했다.

"나는 로즈가 없으면 못 살아요. 로즈를 두고 집에 갈 수가 없어요. 나를 도와주어요."

1항사가 조용히 입을 열었다.

"선장님, 조리사 1년 승선연장을 허락하십시오. 조리사가 음식을 잘 만들어 모든 선원들이 조리사의 승선연장을 원합니다."

1항사가 종이를 나에게 내밀었다. 나를 제외하고 전 선원들이 조리사의 연장승선을 원한다고 서명을 한 것이었다. 사실, 나는 그의 짝사랑을 방해할 수 있는 아무 권한이 없기는 했다.

"조리사, 승선연장을 허락한다. 열심히 일해라."

조리사가 큰절을 하고 1항사와 같이 내 집무실을 나갔다. 조리사는 시간이 있으면 혼자 선미갑판에서 사랑의 노래를 불렀다. 얼굴에 웃음이 가득했다. 조리사가 로즈카페에 가니, 로즈는 고개를 돌렸다.

"이 자식아, 이젠 너를 보고 싶지도 않아. 왜 거머리처럼 나를 따라다녀! 로즈카페에 오지 마!"

로즈는 로즈카페를 나가버렸다. 자정이 되어도 로즈는 로즈카페로 돌아오지 않았다. 조리사는 자정까지 로즈를 기다리다 혼자 배로 돌아왔다.

선원들은 가끔씩 한두 명이 로즈카페로 갔다. 돈이 없으니, 그런 것 같았다. 조리사만 시간이 있으면 혼자 로즈카페로 가서, 맥주를 마시며 로즈를 보았다.

조리사가 로즈카페로 가면 로즈는 언제나 조리사를 보지도 않았다.

"야, 너 내 마음을 모르지. 나는 기관장이 돌아올 때까지 기다릴 거야."

로즈가 이렇게 말해도 조리사는 좋다고 웃었다. 선원들은 조리사가 로즈카페에 가면 가끔씩 맥주파티를 만들어주기도 했다. 그때 로즈는 조리사와 같이 앉아 맥주를 마셨다. 로즈는 취하면 혼자 사랑의 노래를 부르고 울면서 말했다.

"기관장 그놈은 아주 나쁜 자식이야. 아직 전화 한 통 없어."

조리사는 손수건을 꺼내어 로즈의 눈물을 닦아주었다.

조리사 손에는 자주 아내가 보낸 편지가 들려 있었다. 빨리 귀국하여 봉급이 많은 다른 배를 타라는 독촉이 담겨있는 편지였다.

서안나 후보작 블랙리스트
1990년 『문학과 비평』 겨울호 등단, 시집으로 『푸른 수첩을 찢다』 『플롯 속의 그녀들』
『립스틱발달사』, 평론집으로 『현대시와 속도의 사유』, 연구서 『현대시의 상상력과 감각』,
동시집으로 『엄마는 외계인』, 〈서쪽〉 동인. 한양대 출강.

블랙리스트

"저 학습지 테스트 좀 하고 싶은데요."

전화기로 들려오는 목소리는 앳된 소년의 것이 분명했다. 순간 현은 당황스러웠다. 보통 학습지를 신청하기 전에 자녀의 학습능력 테스트를 원하는 경우는 대부분 부모이기 때문이다. 현은 의문을 지니면서도 전화통화를 이어나갔다.

"엄마 좀 바꿔주겠니? 혼자 학습지 테스트 신청도 다 하고. 아주 용감한걸."

그러자 앳된 소년은 "엄마가 회사에 나가셔서요. 제가 먼저 테스트를 받고 나서 학습지를 결정하면 엄마가 돈을 주신다고 했어요."라며 당돌하게 대답하는 것이었다. 아이 중에는 어린 나이에도 일찍 돈의 위력을 터득하는 경우가 있곤 했다. 초등학교 고학년인 경우는 선생에게 싫은 소리를 들으면 되레 학습지를 끊겠다고 강짜를 놓은 아이들도 있었다. 게다가 요즘 학습지 고객이 줄어드는 통에 지사장 성화가 말이 아니었다. 이런 상황에서 고객이 직접 테스트를 신청하는 전화는 현에게 여간 반가운 게 아니었다.

현은 상대방에게 주소와 전화번호를 재차 확인한 후 방문

시간을 예약하고 전화를 끊었다. 한 달 전부터 학습지 사무실에 입사하여 방문교사를 하는 현에게는 가뭄에 단비 같은 고객인 셈이다. 어렵게 구한 기존의 학생들도 경제 사정이 힘들다며 슬금슬금 해지하는 터라 내심 고민을 하고 있었다. 현이 흥분된 얼굴로 전화를 끊자, 어느 틈에 왔는지 지국장이 커피를 뽑아들고 그녀에게 말을 걸어왔다. 그것도 묘한 웃음을 띠면서.

"혹시 그 아이 이름이 ○○ 아닌가요? 초등학교 근처라고 하죠?'라며 말을 걸어 오는 것이 아닌가. 현은 깜짝 놀라 지사장을 쳐다보자 그녀는 이내 깔깔거리며 말을 이어나갔다.

"그 아이가 현 선생님에게도 장난을 쳤군요. 현 선생님 그 녀석 말이에요. 우리 지사 블랙리스트에 오른 아이예요. 심심하면 전화를 해서 선생님들을 골탕먹이는 녀석이죠."라고 말했다. 현은 갑자기 온몸의 힘이 빠졌다. 그리고 실망감이 분노로 바뀌는 것은 잠시였다. 조그만 어린애가 어른을 갖고 골리는 상황이 놀랍기만 했다. 생각 같아서는 당장에라도 전화로 우롱하는 그 쥐방울만 한 녀석을 잡아내서 따끔하게 혼을 내주고만 싶었다.

근래 들어 남편이 다니는 회사마저 월급이 밀리는 때가 많았다. 설상가상으로 최근 전세난이 겹치면서 현이 취업 전선으로 뛰어들 수밖에 없었다. 집주인은 전세 보증금을 올리면서 일정 부분을 월세로 요구했다. 현과 남편은 머리를 맞대고 고민했지만 답이 쉽게 나올 리 없었다. 이사를 하자니 아이들학교 문제와 오래 살아 정이든 동네를 떠나기도 쉽지 않았다. 하는 수 없이 현이 아이를 시어머니에게 맡기고 새롭게 직장 생활을 시작한 참이었다. 학습지 회사에 출근하리라 마음먹었지만, 결혼 후 내내 품에 끼고 있던 두 아들을 귀마저 어두운 시어머니 손을 빌리려니 불편한 마음을 떨칠 수가 없었다. 오늘 아침에도 어린이집 앞에서 현을 따라나서려고 발버둥을 치며 울던 둘째 얼굴이 떠올라 마음 한편이 서늘해지는 현이었다.

그런데 일주일이 되기도 전에 현은 마치 높은 산을 열 개나 넘은 것 같이 힘이 들었다. 다행스럽게도 유치원 다니는 막내와 초등학생인 큰 애가 별 탈 없이 잘 지내주는 것이 고맙기만 했다. 다정한 큰 애는 어른스럽게도 그녀에게 힘을 내라는 전화와 문자를 종종 보내오곤 했다.

씁쓸한 마음을 추스르고 시계를 보니 큰 애가 집에 도착했을 시간이었다. 통화 중이던 집 전화를 큰 아들 녀석이 한참만에야 받았다. 숙제 때문에 친구와 전화통화를 하던 중이라고 했다. 현은 아들에게 숙제며 학원을 꼭 가야 한다고 으름장을 놓은 후에야 통화를 끝냈다.

현이 결혼 전에 학습지 교사를 한 이력이 있어, 이곳저곳을 알아보다가 궁여지책으로 선택한 일이었다. 막상 다시 일을 잡고 보니 학습지 교사 일도 결혼 전과는 상황이 많이 달라져 있었다. 하루에 여러 집을 방문해서 간단하게 수업을 하고, 이내 다른 집으로 가야 하는 고된 일이었다. 차가 없다 보니 근

방의 아이들만을 가르치지만, 버스로 이동하는 일은 결코 만만찮았다. 학습지 교사가 겉보기엔 단순하게 학생 수업만 가르칠 것 같지만 속사정은 많이 달랐다. 새롭게 교사를 시작할 때는 기존 교사에게 돈을 주고 학생을 인수하기도 한다. 게다가 학생을 가르치는 일 이외에도 직접 학생을 구하는 영업과 학부모 상담까지 모두 현이 해야 하는 일이었다.

그중 제일 힘든 것은 학부모와의 면담과 대화 스킬이었다. 수업은 아이들이 받지만 학습지를 선택하고 수업료를 내는 것은 정작 엄마다. 그래서 학습지 교사에겐 학생 엄마와의 관계와 교류가 무엇보다 중요했다. 행운이 따르면 방문한 집의 형제자매를 같이 가르치는 일도 종종 있기 때문이다. 하지만 현은 일을 새롭게 시작한 참이라 학생을 구하기가 쉽지 않고, 학생 가르치는 일도 만만치 않았다.

현이 피곤한 몸을 추스르고 다섯 번째 집을 방문하기 위해 엘리베이터에서 막 내리던 참에 휴대폰이 울렸다. 전화 속 목소리는 며칠 전 테스트를 받겠다고 전화했던 맹랑한 녀석이었다. 상담 시 선생님 전화번호를 알고 싶다기에 별생각 없이 핸드폰 전화번호를 알려준 것이었는데 현은 아차 싶었다. 녀석은 오늘 현이 방문하기로 한 날인데 왜 약속을 지키지 않았냐며 따지듯 물어왔다. 현은 순간 피로감이 몰려왔다. 학습지 지점장과 동료 교사들에게 들은 내용을 종합해보면, 이 녀석은 집 주소며 이름이 모두 거짓이라고 했다. 집 전화번호만 동일한 번호로 오는데, 몇몇 신참 선생님들이 가보면 엉뚱한 사람이 사는 주소라 낭패를 보았다고 했다. 지사에서도 녀석의 전화번호를 알려고 노력했지만 개인정보가 걸린 일이라 쉽지 않았다고 한다. 현은 목소리를 깔고 아이에게 장난 전화를 다시 하면 부모님과 전화로 상담하겠다고 으름장을 놓자 녀석이 욕지거리를 하면서 급하게 전화를 끊었다.

그런데 문제는 다음날부터였다. 그 맹랑한 녀석이 문자를 계속 보내오는 것이었다. "선생님은 거짓말쟁이", "약속을 지키셔야죠." "아이들이 뭘 배우겠요.", "어른이면 약속을 지키지 않아도 되나요?" 등등 하루에도 수십 차례 항의 문자를 보내오는 것이었다. 심지어 학생을 가르칠 때도 문자 알림음이 울려 수업에 지장을 받을 때도 잦았다. 전화와 문자를 받지 않으면 이내 다른 핸드폰 전화로 문자가 오거나 심지어 카카오톡으로까지 집요하게 문자를 보내왔다. 그래도 현이 반응을 보이지 않자 녀석은 회사 홈페이지 고객 게시판에 불만을 적었다. 본사에서 전화가 걸려오고, 지사장이 본사 관리부에 그간의 상황을 장황하게 설명했다. 하지만 본사 측에서는 회사 이미지 관리를 운운하며 현의 역성을 들던 지사장의 처지까지 난처하게 만들었다.

지사장이 직접 그 녀석을 만나 일을 해결하기 전에는 사태가 수습되지 못할 것 같다는 조언에 현은 문득 사태의 심각성을 깨달았다. 지사장의 현에게 내놓은 해결책은 직접 부모님과 통화를 하던지, 녀석의 주소를 알아내어 통화를 시도하자는 것이었다. 하지만 그 맹랑한 녀석은 전화를 걸어도 받지 않을뿐더러, 문자가 더욱 욕설에 가까워지고 있었다. 현은 할 수 없이 녀석의 문자에 미안하다는 답장을 하고 녀석을 달래는 도리밖에 없었다. 녀석이 사는 동네를 대충은 짐작하지만 정확한 주소를 몰랐기 때문이었다. 현이 괴로워하자 지사장이 묘안을 냈다. 녀석의 집 근처로 짐작되는 동네의 문방구에서 해결책을 찾아보자는 것이었다. 현은 바쁜 와중에도 녀석의 집근처로 추정되는 곳의 문방구 몇 군데를 들러보았지만 허사였다.

오늘은 마침 학생 중 한 명이 집안에 일이 있어 방문이 연기되었다. 오랜만에 현은 집으로 일찍 들어갈 수 있었다. 집 근처 약국에서 두통약을 사 들고 간단하게 장을 본 후에 엘리베이터 앞에 섰다. 누군가 엘리베이터를 잡고 있는지 13층에서 오래도록 정지해있었다. 13층에 무슨 일이 있는지 현은 불안해졌다. 아이들과 시어머니만 있는 그녀의 집도 13층이었기 때문이다. 그녀는 걱정스러운 마음에 집으로 전화를 걸었다. 집 전화는 계속 통화 중이었다. 시어머니에게 전화를 걸어도 받지 않으셨다. 현의 머릿속에서 온갖 무서운 상상이 펼쳐졌다. 현은 급한 마음에 층계로 올라가야지 하는 때에 엘리베이터가 내려오고 있었다.

엘리베이터 안에는 온몸이 땀에 젖어 붉게 상기된 마트 직원과 배달 물건이 잔뜩 실려 있었다. 마트 직원은 현에게 미안하다며 연신 고개를 숙이면서 엘리베이터 한쪽에 쌓아둔 무거운 생수통 꾸러미와 쌀부대를 끌어내기 시작했다. 현이 마음을 쓸어내리고 있을 때, 아파트 관리인 아저씨가 와서 현에게 잠시만 기다리시라며 마트 직원의 짐 내리는 것을 도와주기 시작했다.

짐 내리는 것을 거들던 관리인 아저씨가 마트직원이 안쓰러웠는지 한마디 거들었다.

"고생하네. 오늘도 장난전화인가?"

관리인 아저씨의 말에 마트직원은 부지런히 물건을 내려놓으며 대답했다.

"도대체 이 더운 날 몇 번째인지 모르겠어요. 주문한 13층에 가보니 주문을 하지 않았다고 하네요. 이 아파트에서 자주 주문이 오는 것을 보면 이 아파트 어디엔가 사는 녀석인 것 같은데요. 저희 슈퍼만 당한 게 아닌 모양이에요. 피자집이며 치킨집과 중국집도 여러 군데 인가 봐요. 아파트 인근 상가마다 장난전화에 당하지 않은 곳이 없어요. 녀석이 주문하고는 휴대폰 전화기를 꺼버려서요."

아마도 누군가 무거운 생수통 꾸러미와 쌀을 장난삼아 주문한 모양이었다. 마트직원이 힘들어하는 모습에서 현은 문득 자신의 모습을 보는 것 같아 애처롭기까지 했다. 마트 직원이 급하게 짐을 끌어내자마자 현은 엘리베이터 13층 버튼을 급하게 눌렀다. 아파트 현관문을 여니 집안이 장난감과 신문지며, 신문지에 끼워져 오는 광고전단이 어지럽게 널려 있었다. 아들 녀석이 티브이를 틀어 놓았는지 커다란 티브이 소리가 시끄럽게 온 집안을 울리고 있었다. 귀가 어두운 시어머니는 피곤하셨는지 어린 막내를 껴안고 주무시고 계셨다.

그때 작은 방에서 아들의 통화 내용이 들렸다.

"네 거기 ○○ 마트죠. 여기 ○○ 아파트 ○동 ○호인데요……. 생수병과 쌀과 과일 두 박스 배달해주세요. 카드로 계산해 드릴게요."

순간 현은 학습지를 신청하던 녀석을 떠올렸다.

최정화 후보작 수리공
2012년 『창작과비평』 신인소설상으로 등단. e-mail:daysmare@hanmail.net

수리공

누군가 집을 엉망으로 만들어 놓았다. 커튼은 가위질을 해 넝마조각을 만들었고 벽의 군데군데 못을 박아놓았다. 벽지에는 붉은 페인트로 낙서가 되어 있었고 창문은 깨졌다. 소파의 가죽은 엑스자로 칼집이 나 누런 스폰지가 보였다. 달력은 뒤집어 걸었고 변기 안에 식기를 버려놓았다. 접이식 식탁의 다리는 분질러져 있고 창문에 달린 방충망은 칼로 그어 사등분된 채로 바람에 날리고 있었다. 여느 날과 다를 바 없이 출근을 했다가 돌아왔을 뿐인데 모든 게 엉망이 되어 있었다.

아무리 생각해봐도 누군가에게 원한을 살 만한 일을 한 일은 없었다. 누군가 집을 잘못 찾아온 것 같았다. 전에 살던 이를 찾아온 사람의 소행일지도 모르겠다. 어쨌든 그는 내 손님이 아니다. 억울했다. 휴가의 첫 날을 이렇게 시작하게 될 줄은 몰랐다.

전화벨이 울렸다. 모르는 번호였다. 벨소리가 두 번 울렸을 때 통화버튼을 눌렀다.

"1302호시죠?"

나이를 짐작할 수 없는, 조금 쉰 듯한 거친 목소리였다. 나는 선뜻 '그렇다'라고 대답도 하지 못한 채로 핸드폰을 들고 있었다.

"도움이 필요하실 것 같아 전화 드렸습니다만."

사내는 한보따리 짐을 가지고 등장했다. 키는 땅딸막했고 피부는 햇볕에 보기 좋게 그을려 있었다. 온 몸에 단단한 근육이 오랜 세월동안 노동을 한 흔적처럼 자리 잡고 있었다. 새까만 고수머리 위에는 짚으로 된 모자를 쓰고 있었다.

일단 오라고 하긴 했는데 처음 겪는 일이라 어리둥절한 상태였다. 어디서부터 어디까지 도움을 요청해야 할지도 알 수 없었다. 반대로 사내 쪽에서는 이런 일이라면 매우 익숙하다는 듯 자연스러운 태도였다. 현관 앞에 짐을 세워두고 두 손을 탁탁 털더니 모자를 벗어 보따리 위에 던져 놓았다. 이마에 맺힌 땀을 손바닥으로 닦아 바지에 문지르며 말했다.

"근처 밥집에서 식사라도 한 끼 하고 오시죠. 그동안 견적을 내고 집을 정리하고 있겠습니다."

가벼운 제안이었지만 어딘가 거역할 수 없는 명쾌함이 묻어 있었다. 사내는 집 안 구석구석을 위아래로 훑어보며 코를 킁킁거리기 시작했다. 마치 마약전담반의 훈련견 같은 태도였다. 그는 눈동자를 이리저리 굴려 집 안의 상태를 확인하며 한숨을 쉬기도 하고 고개를 갸우뚱거리기도 하고 숨 쉬는 것도 잊고 아랫입술을 내민 채 골똘히 생각에 잠기기도 했다. 그러면서 끊임없이 코를 킁킁거렸다. 그 소리가 귀에 거슬렸으나 그것도 작업의 일환인 것 같아서 뭐라고 핀잔을 줄 수도 없었다.

"이런 경우를 나는 많이 봐왔지요."

"이런 일이 다른 사람들한테도 일어난다고요?"

"흔히들 있는 일입니다. 말들은 안했지만 다들 이런 경험을 한 번쯤 한 적이 있다니까요. 지지난 달에도 나는 이 옆 건물을 수리했지요. 아가씨였는데, 작업하는 내내 훌쩍거리는 통에 귀가 시끄러워서 도통 집중할 수가 없었어요."

그가 고개를 절레절레 저었다.

"대체 어떤 인간들이 이런 일을 저지르는 거죠?"

"글쎄요."

수리공은 자기가 상관할 바가 아니라는 듯 살짝 어깨를 올렸다가 내렸다. 상황에 걸맞지 않는 경쾌한 몸놀림이었다.

무작정 발걸음이 닿는 대로 걸어 도착한 곳은 이주에 한 번씩은 들르곤 하는 밥집이었다.

"어머, 살아계셨구만."

유리문을 열고 들어가자, 안주인이 화색을 하며 나를 반겼다.

"그럼, 살아있다마다요. 지난주에도 들르지 않았습니까? 백반 한 상을 깔끔히 비워낸 것을 아직까지 선명하게 기억하고 있는데요."

"그건 그런데. 자네가 죽었다는 소문이 돌아서 말이야."

"제가 죽어요? 거, 별일이네."

그녀는 내 말에 고개를 찬찬히 끄덕였다. 고개를 끄덕일수록 납득하지 못하겠다는 듯 점점 표정이 어두워졌다.

"뭘 드릴까?"

"예, 쇠고기죽으로 한 그릇 부탁드립니다."

나는 테이블에 자리를 잡고 앉았다.

잠시 후 안주인이 주방에서 쟁반에 쇠고기죽을 담아왔다. 반찬은 오징어 젓갈과 배추김치였다. 테이블 위에 그릇들을 차려놓고 그녀는 황급히 카운터로 돌아갔다.

나는 입김을 후후 불어가며 뜨거운 죽을 먹기 시작했다.

"주인 양반은 어디 마실이라도 가셨습니까?"

"몸이 아파서 누워 있어."

"많이 편찮으신가봐요."

허겁지겁 상을 비운 뒤 계산을 하려고 지갑을 열었다. 안주인은 손사래를 치며 돈을 받지 않았다.

"계산은 됐고, 어서 집으로 돌아가게."

"왜 돈을 안 받으세요?"

"그동안 매상을 많이 올려줬으니, 오늘은 돈을 받지 않을래."

"그러실 것 없어요. 식사를 했으니, 돈을 내는 게 당연하죠."

안주인은 한사코 돈을 거절했다. 그동안 가게를 찾아준 보답이라는 것이다. 그녀는 출입문을 가리키며 말했다.

"어여 가서."

밖은 숨이 막힐 것 같은 더위였다. 채 몇 분 지나지 않아 정수리 부근이 뜨끈하게 달아올랐다. 간헐적으로 뜨거운 바람이 불어왔다. 땅으로부터 복사열이 올라와 발바닥은 따갑고 엉덩이는 후끈했다. 바로 앞에 있는 가로수가 꾸물꾸물 움직이는 것처럼 보였다. 그러고보니 펜션 예약을 취소하지 않았다.

사내는 현관문을 활짝 열어놓고 문을 고치고 있었다. 바닥에는 원래 자물쇠 장치가 떨어져 있었다. 번호 키를 새 것으로 다시 설치하는 중이라고 했다.

"이제 이것만 새로 달면 끝이 납니다."

사내는 드라이버를 들고 기기를 설치했다. 이마에서 땀이 줄줄 흘러내렸다. 티셔츠의 목 둘레에서 가슴 부근까지 축축하게 젖어있었다.

"완전히 망가져 버렸네요. 고칠 수 없어요. 새 것으로 교체하는 수밖에는요."

그는 그렇게 말하면서 계속 코를 킁킁거렸다. 나는 그 소리를 점점 더 참기 힘들었다. 사내는 곤란한 표정을 짓고 있는 내 얼굴을 물끄러미 쳐다보았다.

"그렇게 서 있지 말고 들어가지 그래요."

나는 남의 집에 방문한 손님처럼 다소곳이 현관 앞에 섰다. 집은 아주 깔끔하게 정돈되어 있었다. 하지만 내 집이라는 생각은 들지 않았다.

"왜 들어가지 않고 거기 서 있습니까?"

나는 엉덩이를 긁적이며 소심하게 대답했다.

"어쩐지 낯설어서요."

"남의 집 같죠?"

그렇게 말하면서 사내가 씨익 웃었다. 마치 내 인생에 대해서 자기가 더 잘 알고 있다는 미소였다. 순간 사내의 뭔가가 달라졌다는 생각을 했다. 입고 있는 옷도, 헤어 스타일도, 모두 똑같았지만 어딘가 달라진 구석이 있었다. 나는 고개를 갸웃거리며 집 안으로 들어갔다.

창가에 있던 소파는 거실의 왼편 화장실 옆으로 옮겨져 있었다. 가죽의 찢어진 부위를 정교한 솜씨로 꿰매어 놓았다. 나는 소파에 앉아 벽에 머리를 기댔다. 맞은편 벽에 못 보던 그림이 걸려 있었다. 낙서를 지우지 못해 그림으로 가려놓았나 보았다. 수십 마리의 비둘기 떼들이 바닥에 앉아 모이를 쪼아 먹고 있는 그림이었다. 그림의 소재도, 구도며 색감 또한 마음에 들지 않았다. 창가로 다가가 커튼을 젖혔다. 새로 갈아 끼운 유리창이 번쩍였다. 창문을 열었다. 후텁지근한 공기가 한꺼번에 거실 안으로 밀려 들어왔다. 한 번도 맡아보지 못한 기묘한 냄새가 콧속으로 밀고 들어왔다. 나는 얼굴을 찡그렸다. 냄새가 불어오는 방향으로 고개를 돌렸다. 그곳에는 사내가 서 있었다. 순간 달라진 게 무엇인지, 나는 정확히 알 수 있었다. 이렇게 말하면 좀 이상하게 생각되겠지만, 그는 조금 젊어져 있었다.

생각보다 시간이 얼마 지나지 않아 수리는 끝났다.

"얼마죠?"

사내는 오른손을 들어 활짝 폈다. 그리고 몇 초간 멈추었다가 다시 손가락을 네 개 펴보였다.

"만원을 깎아드린 겁니다."

그는 그렇게 말하면서 검지 손가락 끝으로 엄지 손톱을 두어 번 문질렀다. 나는 지갑을 열어 만원짜리 지폐 아홉 장을 꺼냈다. 그는 지폐를 받아 왼손에서 오른손으로 천천히 한 장씩 넘겨 액수를 확인하고 나서 허리춤에 달린 작은 백에서 수첩과 볼펜을 꺼내 숫자를 적었다. 그리고 돈과 수첩, 그리고 볼펜을 다시 허리춤의 백 속에 넣고 지퍼를 닫았다. 마지막으로 오른손으로 지퍼를 한번 움켜쥐어 두둑한 양감을 잠시 즐기고는 뒤돌아 골목 끝으로 사라졌다.

유쾌한 기분으로 집을 둘러보았다. 모든 것이 말끔하게 제자리로 돌아와 있었다. 환기를 시킬 생각으로 창을 열었다. 그러다 문득 천장에 있는 대못을 발견했다. 나는 사내에게 전화를 걸었다.

"아직 작업이 안 끝난 것 같은데요."

"무슨 말씀이신지?"

"천장에 커다란 못이 하나 나 있네요. 저걸 뽑고 벽지를 발라서 저걸 가려 주셨으면 합니다."

"아, 못 말입니까?"

사내는 망설이고 있는 것 같았다. 긴 침묵이 흘렀다.

"전 이미 돈을 충분히 지불했고 이 정도를 요구하는 것은 당연하다고 생각합니다."

잠시 후 그가 찾아왔다. 서둘러 왔는지 숨을 가쁘게 내쉬고 있었다. 한 손에는 모자를 다른 한 손에는 보따리를 들고 있었다. 보따리를 내려놓고, 그 위에 모자를 얹었다.

"직접 할 생각이 없으시다는 거죠?"

사내는 보따리 쪽으로 걸어가며 되물었다. 물건을 꺼내자 보따리가 바닥으로 스르르 쓰러졌다. 사내가 꺼내 든 것은 밧줄이었다.

"사람들이 어째서 이 정도 일도 스스로 할 생각을 하지 않는 건지 모르겠단 말이야."

그가 내게 밧줄을 내밀며 말했다.

"직접 하시죠."

"네?"

"니 손으로 직접 목을 매달으라고, 이 새끼야."

사내는 한 발자국씩 나를 향해 걸어왔다. 나는 주춤주춤 뒤로 물러섰다. 상황을 이해해보려고 애썼지만 돈을 지불하고 일을 시켰을 뿐인데 왜 이런 꼴을 당해야 하는지 영문을 알 수 없었다. 그리고 보니 나는 사내가 어떻게 내 집 전화번호를 알고 있었는지도 묻지 않았다.

"당신 누구야?"

말을 하는 동시에 질문이 너무 늦었다는 걸 깨달았다. 창턱에 엉덩이가 가볍게 부딪혔다. 두툼하고 억센 손이 가슴을 떠밀었다. 나는 저항 한 번 제대로 하지 못한 채 창문 밖 허공으로 떨어져 내렸다.

남명회 후보작 농성의 끝
2014년 『문학나무』 신인상 수상 데뷔. 산문집 『흐르는 물 위에 글을 쓰는 사람』.
현재 가톨릭 영시니어 아카데미 교수. 2015년 『경북일보』 문학대전(소설부문) 수상.
e-mail:nam3583@hanmail.net

농성의 끝

노조위원장이 종탑에 올라온 건 농성 84일 만에 처음이었다. 전보다 훨씬 홀쭉해진 그녀의 볼우물을 보면서 나는 뭔가 협상이 잘 풀리지 않는다고 생각했다. 그녀와 나는 농성에 대해서, K마트 노조의 노선에 대해서 오랫동안 이야기를 나눴다.

회사 측과 실속 없는 기싸움만 벌이고 있다면서요? 나는 그녀의 얼굴을 보면서 아침마다 밥을 올려다 주는 노조원이 귀띔해준 말을 떠올렸다.

그건 오해야. 그녀는 이번에 H성당의 종탑에서 '100일 고공농성'을 벌이는 이유에 대해서 길게 설명했다. 해고당한 노조원의 복직투쟁은 핑계일 뿐이야. 사실은 비정규직원 130명을 모두 정규직으로 바꾸려는 전략이지. 그래서 물밑 협상을 벌이며 시간을 끌고 있는 거야. 두고 봐, 반드시 우리가 승리를 쟁취할 거니까. 그녀는 회사 측에서 일방적으로 해고한 29명의 복직은 물론, 차제에 계약직원은 모두 정규직으로 전환될 거라고 장담했다. 그러면서 그녀는 농성이 끝나면 내가 맨먼저 정규직 발령을 받게 될 거라고도 했다. 그러나 나는 그녀의 말을 신뢰할 수 없었다.

회사가 법정관리에 들어갈 거라는 말도 돌던데요?나는 눈짓으로 건너 편 본사 빌딩 7층의 불이 훤히 켜진 방을 가리키며 말했다.

글쎄, 소문의 진위를 수소문해봐야 알겠지만, 요즘 사장의 퇴근이 부쩍 늦어진 건 사실이야. 하지만 아무래도 회사 측이 흘리는 거짓 정보일 가능성이 많아. 나는 알고 있었다. 최근 내수침체와 정부의 대형마트 휴일 의무휴업 조치로 회사의 손익상태가 급격히 나빠졌다는 것을.

우리는 잠시 동안 침묵했다.

종탑 벽에 등을 기댄 채 고개를 숙이고 앉아있던 그녀가 노래를 부르기 시작한 것은 한참 후였다. 처음에는 '노동가요'를 불렀고, 나도 그녀를 따라 불렀다. 나중엔 누가 먼저랄 것 없이 동요도 부르고 팝송도 부르며 시간을 보냈다. 앉은 자리가 불편한지 그녀는 가끔 씩 몸을 뒤척였는데, 그럴 때면 원피스자락이 말려 올라가 언뜻언뜻 허벅지 속살이 드러났다. 불현 듯 나는 그녀와 자고 싶어졌다. 언젠가 '삭발투쟁'을 하며 날밤을 샐 적에도 비슷한 생각을 한 적이 있었다. 오늘 밤 그녀는 노래를 하러 종탑 농성장에 온 것 같았다. 그녀는 계속해서 노래를 불렀다. 그뿐이었다. 어느새 희부옇게 동쪽하늘이 밝아오고 있었다. 나는 그녀와 헤어지며 의외로 가벼운 포옹조차 하지 않았다. 종탑을 내려가는 그녀의 뒷모습을 보면서,

헤밍웨이 소설의 한 구절을 떠올렸다. '여자와의 아침의 관계는 적어도 산문 한 쪽의 의미 정도는 된다.' 새벽의 고요 속에, 토닥토닥 종탑계단을 밟는 그녀의 발소리를 들으며, 나는 왠지 아름다운 산문 한 쪽을 읽지 않은 서운함 같은 게 느껴졌다. 오후에 나는 종루에서 내려왔다. 종탑에 오른 지 딱 85일 만이었다. 내가 종탑에서 철수해야 협상테이블에 나오겠다는 회사 측의 요구를 노조 측에서 받아들였기 때문이었다.

*

아내는 식탁에서 냅킨 접기만 하고 있었다. 마치 내가 온 것을 알아채지 못한 것처럼. 식탁에는 종이냅킨으로 접은 학 더미가 수북했다. 나는 아내의 맞은편에 앉았다. 그제야 아내는 천천히 고개를 들어 말없이 나를 바라보았다. 오랜만에 집에 온 내가 전혀 반갑지도, 감동적이지도 않은 표정이었다. 뜻밖이었다. 얼굴에 옅은 미소를 띠며 살짝 입 꼬리라도 올릴 줄 알았는데.

무슨 일 있었어?

무슨 일 있었으면 좋겠어? 내가 묻는 말에 대뜸 싸움이라도 하려는 듯한 아내의 태도에 나는 당황스러웠다.

그게 무슨 말이야. 나 지금 농성 끝내고 오는 길이야. 위로는 못할망정 이건 너무 하잖아.

너무하다고? 그래, 거기서 무슨 짓을 한 거야?

무슨 짓이라니, 해고자 복직투쟁 한 거지. 잘 알면서 왜 그래. 아내의 말에 나는 어깨를 한 번 들썩이며 어이없다는 표정을 지었다.

아니야, 그건 거짓말이야. 아내는 고개를 크게 가로 저으며 말했다.

다 봤어. 한밤중에 종탑을 올라가는 여자를 봤단 말이야. 그여자 새벽에 내려오던걸. 밤새 다 보고 있었어. 솔직히 말해봐. 그 여자와 무슨 짓을 했는지 말이야.

다 봤다면서 몰라서 물어? 나는 해명을 하려다 그만두었다. 아내의 말에 일일이 대꾸하기가 버거웠다. 아내가 내 말을 무시하는 하는 건 오늘 만이 아니었다. 그럴 때면 정말로 억울했지만 반박하지 않았다. 솔직히 분통이 터져도 아내와 맞붙어 이길 자신이 없었다. 갑자기 온몸이 무너져 내릴 듯한 피로감이 몰려왔다.

'그게 문제가 아니야. 중요한 건 농성 중 내가 종탑에서 뛰어내리지 않았다는 사실이야.' 식탁에서 일어서며 나는 혼잣말로 중얼거렸다. 그러고는 겨우 아홉시가 되었을 뿐인데 나는 방으로 자러갔다.

새벽에 나는 식탁에서 냅킨 학 하나를 발견했다. 그 많던 학은 다 어디로 가고 달랑 하나였다. 전에도 한 번 아내가 집을 나간 적이 있었다. 그때는 아무런 흔적도 남기지 않고 사라졌다 3일 만에 돌아왔다. 학을 남긴 건 '마지막'이라는 뜻이 분명했다. 나는 아내가 두 번씩이나 집을 나간 것에 대해 생각했다. 아주 많이. 그리고 나서 아주 많이 생각한 생각을 정리하려고 생각했지만 아무런 생각도 나지 않았다.

그날, 청량리 매장으로 출근한 나는 회사 측으로부터 '계약직 해약통보서'를 받았다. 내 옆에는 아무도 없었다. 종탑에 올라갈 사람은 나밖에 없다며 등을 떠밀던 노조간부들도 없었고, 농성의 마지막 밤을 함께 보낸 위원장도 없었다. 아침마다 밥을 올려다주던 노조원, 끝까지 함께 싸우자던 노조원도, 종탑만 올려다보며 내가 희망이라고 말하던 노조원도 없었다.

나는 새로운 일자리가 필요하다고 생각했다.

정승재 후보작 금호동

2002년 『문학나무』신인상 수상(카페 밀레니엄) 데뷔. 소설집 『내 남편이 대통령이었으면 좋겠다』.
소설집(공저) 『붉은 이마 여자』, 기타 저서 『법과 사회』 『한국 스포츠법 입문』 『스포츠와 법』 등
다수. 현재 한국소설가협회 편집위원. 한국문인협회 60년사편찬위원회 위원.
장안대학교 행정법률과 교수. 한국스포츠문화법연구소 소장.

금호동

다시 나는 금호동의 산비탈에 앉아 더듬이를 다듬고 있는 나를 발견한다. 나를 향해 돌진해 오던 한강이 언덕에 가로막혀 허리가 오른쪽으로 꺾이는 물줄기로 더듬이를 다듬고, 옥수동 언덕 뒤로 감춰진 꼬리물로 더듬이를 다듬는다. 내 더듬이를 깨끗이 씻어준 후 언덕 뒤로 숨은 한강의 꼬리는 어디로 흐르는 것일까.

어머니는 금호동집터가 부자가 될 집터라고 말했다. 한강물이 들어오는 것만 보이고 서해로 빠져 나가는 것은 보이지 않아서 재물이 들어오고 나가지는 않는 점괘가 나오는 명당이라고 했다. 어머니의 말대로라면 금호동 달동네 사람들은 모두 부자가 되어야 마땅했다. 그러나 그들은 그렇지 않았다. 금호동에는 여전히 폐지 줍는 늙은 할머니가 있었고, 어두컴컴한 골방 안에서 라면으로 끼니를 때우는 어린 동생들이 있는 가난한 마을이었다. 이건 어머니가 틀렸다.

다시 산꼭대기까지 다닥다닥 붙어 있는 작은 지붕들로 더듬이를 다듬고, 그 지붕 사이를 헤집고 얽히고설킨 골목길로 더듬이를 다듬고, 잔뜩 찌뿌린 하늘이 낮게 가라앉아 있는 둔

덕으로, 장난감 같은 네댓 평의 블록집들로, 죽은 이무기 모양으로 허리는 꺾이고 꼬리는 보이지 않는 한강물줄기로 더듬이를 다듬는다.

그렇게 나는 금호동에서 더듬이를 다듬는다. 금호동의 모든 것은, 있어도 있는 것이 아니고, 없어도 없는 것이 아닌, 그냥 우리들의 관심 밖의 오래된 풍경일 뿐이다. 나는 그 풍경으로 더듬이를 다듬는다. 그 누구도 그들에게 관심을 갖지 않는다. 그냥 그렇게 그들은 없는 것처럼 있는 것이다. 나는 그 없는 것처럼 있는 그들로 내 더듬이를 다듬는다.

그리고 다듬은 그 더듬이로 소설을 쓴다. 나는 이곳 금호동에만 오면 소설가가 된다. 내가 이곳에서 소설가가 되지 않는다면 과연 무엇이 될 수 있단 말인가. 나는 어려서부터 하늘과 조금 더 가까운 이곳에서 더듬이를 다듬으며 소설가를 꿈꿔왔다.

소설가란 무엇일까? 아무 것도 없는 백지 위에 새로운 세상을 문자로 만들어내는 사람? 그렇다면 내가 금호동에 올 때마다 소설가가 되는 것은 어쩔 수 없는 운명이다. 그러므로 나는 금호동에 오면 소설가가 되는 것이다. 금호동에 오면, 금호동의 이 해병대산에 올라오면, 내 주위의 모든 것은 사라진다. 땅도 없고 하늘도 없는 그 느낌, 아무 것도 없는 허공에 떠 있는 듯한 그 느낌, 심지어는 공기도 없어진 것 같은 느낌, 세상 모든 것이 블랙홀에 빨려들어간 듯, 벌레구멍을 통해 다른 세계로 이주한 듯, 아무 것도 남지 않은 상태, 그것을 어떻게 표현해야만 할까.

　푸른 눈을 가진 그녀는 사랑을 하면 그렇게 된다고 말했었다.

　아무 것도 없이 무조건 좋은 상태. 그저 당신만 있으면 모든 것이 충족되는 상태.

　그렇다. 내가 금호동에 오면 나는 모든 것을 잊는다. 그리고 나는 만족한다. 금호동에 있다는 사실만으로도 그녀와 나는 만족했다. 그랬던 그녀도 어느날 갑자기 내 우주를 떠났다. 그냥 손만 잡고 있어도 온 몸으로 사랑을 느꼈던 그녀가 내 곁을 떠난 것은 바로 이곳 금호동이었다. 그래서 나는 아무것도 없는 이곳에서 내 더듬이를 다듬는다.

　당신들이 금호동엘 나와 함께 와봤다면 내 느낌을 조금은 알 수 있을 것이다. 그러나 나와 함께 금호동에 와보지 못한 사람에게 내가 아무리 금호동을 설명한다고 한들 어찌 당신들 이해할 수 있을 것인가.

　금호동에 대해서 설명을 할라치면, 나는 종종 당신들에게도 더듬이가 있었으면 좋겠다고 생각한다. 아바타라는 영화를 본 적이 있다. 그 영화는 인간보다 나비족이 더 친근한 존재였다. 아들은, 외계인과 인간이 싸우는 영화를 보고 인간이 아니라 외계인편을 들어보기는 처음이라고 말했었다. 나도 인간보다 나비족이 좋았다. 나비족은 그들이 타고 다니는 공룡새 등 동물들의 꼬리와 자신들의 머리털을 연결하여 서로의 마음을 읽는다. 개미들도 서로의 더듬이를 맞대고 이야기를 한다. 아니 더듬이를 맞대면 그냥 서로가 서로를 알 수 있는 것이다.

금호동에서 나는 그녀의 손을 잡았다. 그 손을 잡기만 해도 우리는 한 몸이 되었다. 그냥 안다. 서로가 서로를 얼마나 사랑하는지. 푸른 눈의 그녀에게 서투른 영어로 사랑한다고 더듬거릴 필요가 없었다. 우리는 그냥 손을 잡고 있음으로, 내 마음이 얼마만큼 흥분되고 있는지, 내 가슴이 얼마나 많이 뛰고 있는지, 만나서 얼마나 기쁜지, 두 발이……, 엉덩이가……, 내 몸이…… 어떻게 어떤 기분으로 떠 있는지, 알 수 있었고 전달할 수 있었으니까.

당신들에게도 더듬이가 있다면 당신들에게 금호동에 내가 갔을 때의 그 느낌을 전해줄 수 있을 것이다. 그러나 당신들에게는 더듬이가 없다. 당신들은 인간이다. 더듬이가 없으니 내가 소설을 쓸 수밖에……. 금호동에서 그녀의 손을 잡고 있듯, 나는 소설을 쓴다.

소설가가 되고픈 내 소망과는 달리 아버지와 어머니는 내가 검사가 되어야만 한다고 강요했었다. 그때부터 나는 인간과 로봇 사이를 넘나들어야 했고, 소설가 지망생과 검사 지망생 두 개가 공존했다. 내 뇌는 두 개로 나누어지곤 했다. 좌뇌는 법학자를 우뇌는 소설가를 꿈꿨다. 그 두 개의 뇌 밑에 붉은 해마가 끊임없이 헤엄치며 균형을 유지해야만 했다. 나는 그때 이미 시지프스의 굴레를 경험했다. 그러나 금호동 1344 번지 해병대산 꼭대기에서 만큼은 잠시동안 순간적으로나마 내 머리 속의 붉은 해마는 헤엄치기를 멈출 수 있었다. 그곳에서 나는 순간순간 내 더듬이를 다듬는다.

어머니는 나에게 검사가 되라고 수도 없이 말했지만, 금호동 산 1344번지를 잊지 말라고 말한 적은 없다. 어머니는 내가 고딩 2학년 때 금호동 집이 철거되어 이사를 간 후 단 한 번도 금호동에 간 적이 없었다. 그러나 나는 지금까지도 금호동을 잊지 못하고 있고, 잊어서도 안 된다고 생각하고 있다. 그곳에서 나는 내 더듬이를 다듬는다. 그래서 나는 요즘도 금호동 해병대산엘 간다. 어머니가 보고 싶을 때에도 가고, 푸른 눈의 그녀가 보고 싶을 때에도 간다. 그리고 새 여자친구가 생기면 그곳으로 데려가고 싶어진다. 더듬이를 달아주고 싶은 그녀를 만나면 나는 금호동에 간다.

금호동 산 1344번지. 그곳에 나와 함께 가본 여자라면, 금호동에서 내 손이 수없이 다듬어진 더듬이였다는 것을 알 수 있었던 여자라면, 믿어도 된다. 그 사랑이 비록 한 시간 만에 끝났든, 일년 만에 끝났든, 10년을 지속했든, 그 사랑이 영원하지 못했다 하더라도 그때 만큼은 진실이었다는 것을 믿어도 된다.

채문수 후보작 갈치낚시
전남 함평 출신. 소설가. 창작집 『신은 인간을 질투한다』 외.

갈치낚시

민 형, 나 가을이면 갈치낚시를 좋아하는 줄 아시지요?

낚시광인 형은 다금바리를 잡겠다고 몇 년째 벼르고 있지만 아직 꿈을 이루지 못하고 있지 않습니까? 감성돔 정도야 낚아 올려 보지만 형의 그 조사 경력을 빛내 줄 녀석은 쉽사리 걸려들지 않아서 안타까워 보입니다. 내가 왜 갈치낚시를 좋아하느냐 하면 그럴만한 이유가 나름대로 있어서 입니다.

갈치를 낚아 올린 즉시 그 자리에서 회칼로 비늘을 벗기고 포를 떠서 초고추장에 푹 찍어 입안에 넣고 씹으면서 술 한잔하는 맛이란 경험하지 않은 사람은 도저히 상상할 수 없는 맛이지요. 제가 갈치낚시를 좋아 하는 진짜 이유는 포를 뜨고 술을 마시고 하기 위해서가 아닙니다.

하구언 방파제에 낚시를 드리우고 있으면 무수히 몰려오는 갈치 떼들 중에 재수 없는 녀석이 낚여 올라옵니다. 마치 어마어마한 대어가 걸린 것 같은 손맛이지요. 감성돔이 도망가기 위해 몸부림치는 손맛과는 비교할 거리가 아닙니다. 그 거대한 손맛을 느끼면서 잡아 올리면 그때의 짜릿한 맛이란 조사만이 느끼는 감각의 절정이 아닐까요?

갈치를 낚아 올렸을 때 분을 참지 못해 날카로운 이빨로 낚시 줄을 끊겠다고 몸부림치면서 발광하는 그 모습을 보면 처연합니다. 그래 조금만 참아라, 살려 줄 테니까. 제가 속으로 안쓰러워 얘기합니다. 내가 갈치낚시를 진짜 좋아하는 이유는 낚시에 걸린 갈치가 필사의 탈출을 시도할 때입니다. 온 몸의 지느러미를 곧추세우고 은빛 몸체를 뒤채이면서 갈치가 하늘로 날아오르는 것 같은 착각에 내가 빠질 때입니다. 비룡이 저렇게 날개를 활짝 펴고 퍼덕이면서 하늘로 오르는 것일까? 그 영롱한 몸짓. 몸체에서 빛나는 눈부신 은빛은 어느 예술 장르로도 표현할 수 없는 찬란한 예술이지오.

민 형, 난 문단에서 신인 작품 심사를 한 일이 있었습니다. 뛰어난 작품을 만났을 때 정말 갈치낚시하는 것 같은 짜릿한 기분입니다. 신선함과 새로움을 지닌 작품만이 어려운 관문을 통과하는 겁니다. 정말 눈이 번쩍 뜨이고 잠이 확 달아나는 작품을 만났을 때 나는 은빛 갈치를 낚아 그 눈부심에 취하는 기분입니다. 그런데 얼마 전 그런 체험을 했습니다.

삼백 명 가까운 응모자 중 최종심에 올라온 작품에 그런 작품이 있었습니다. 우선 신선한 문장, 확실한 구성, 뚜렷한 주제, 독특한 캐릭터, 거기에 잘 숨긴 복선, 에피소드, 가독력까지 등등 완성도 높은 작품을 만나게 된 것입니다. 정말 눈에 확 띄는 작품이지만 또 한편 작가가 작품을 어떻게 써야하는지를 명징하게 보여주는 작품이라고나 할까요? 나는 그 작품에 서슴지 않고 낙점을 했고 또 한 분 선배 심사위원께서도 최종 세 작품 중 그 작품에 아주 흔쾌히 동의 하셨습니다. 만일 그 분이 다른 작품을 고집했다면 후배인 저로서는 난처할 일 인데 천만다행이었습니다. 저는 관례에 따라 심사평을 쓰게 되었습니다. 나는 심사평에 모든 찬사를 아끼지 않았습니다. 그 작가가 과연 누굴까? 정말 문단에 대어가 나타나는구나하는 기대로 얼마 동안 잊지 못했습니다. 그 날은 신인이 누군지 알 수가 없었습니다. 주최 측에서 응모시 따로 이력을 받아 놓은 것도 없었습니다.

그 일이 있고 나서 바쁜 일상 때문에 까맣게 잊어버리고 있었습니다.

한 달쯤 지나서야 주최측에서 연락이 왔습니다. 시상식 날 오셔서 심사평을 해 주어야겠다고 말입니다. 나는 심사하는 날로 내 임무는 끝난 것으로 잊어버리고 있었습니다. 심사료 를 받은 저로서는 거절할 수도 없었지만 당일의 교통비도 별 도 지불하겠다는 달콤한 말도 덧붙였습니다. 가겠노라고 못 이긴 척 승낙을 했습니다.

나는 시상식장에 참석해 수상자 때문에 또 한번 놀라고 말 았습니다. 그날 시상식은 기성작가에게 주는 큰 문학상 시상 식이 있고 나서 마지막으로 신인상 시상식을 하도록 순서가 되어 있었습니다. 도착해서 앉자마자 꽃을 단 팔등신 미녀가 와서 인사를 했습니다. 주최 측의 안내는 이분이 이번 신인상 에 당선된 유하림이라는 분이라고 소개했습니다. 저는 그녀 를 처다보는 순간 뭔가 잘 못 됐다는 생각에 사로 잡혔습니다.

키도 크지만 미인이었습니다. 의상 역시 몸매가 잘 드러나 보이는 보라색 롱드레스를 입고 나와서 더 돋보이는 것 같았습니다. 형은 미술을 하는 분이니까 잘 아시겠지만 보라색을 소화해 내기가 쉬운 색깔은 아니지 않습니까? 나이는 삼십대 초반? 정확히 알 수는 없었지만 그 정도로 짐작되었습니다. 신인치고는 나이가 좀 많아 보였습니다. 요즘 무슨 바람인지 육십대 신인도 있으니까 꼭 늦었다고 할 수만은 없겠지요.

"선생님, 감사합니다. 이번 신인상을 받게 된 유하림입니다."

저는 얼굴만 쳐다보느라고 무슨 말이 귀에 잘 들어오지도 않았습니다. 목소리까지 아름답지는 않았습니다. 아 저런 미인이 왜 영화배우나 탤런트가 되지 않고 작품을 쓴다고 컴퓨터 앞에서 고생을 했을까 하는 의아한 생각이 들었습니다. 이해되지 않는 일이었습니다. 이 땅의 영화감독이나 시에프 감독이 다 눈이 삐었거나 머리가 어떻게 되지 않았을까 하는 생각을 퍼뜩 떠 올렸습니다. 낚시에 걸려서 지느러미를 펄럭이면서 하늘로 치솟아 오르는 눈부신 큰 갈치가 그 순간 떠올랐습니다. 문단의 화제가 되겠구나 하는 생각이 퍼뜩 들었습니다. 차례가 되자 같이 심사를 봤던 선배님이 먼저 침이 마르는 축사를 했습니다. 좀 과장되고 그분의 명성에 어울리지 않을 정도로 장황했습니다. 내 차례가 되자 나는 이미 써 주었던 축사를 중얼 중얼 읽고 내려 왔습니다. 평소 말주변도 변변치 못했지만 못생기고 나이 먹은 내 주제에 굉장한 미인을 보자 한

숨이 나와서 읽는 것도 더듬거렸습니다. 내 처지가 정말 하찮 아졌습니다. 저런 미인과 같이 사는 사람은 과연 누구일까? 바 라만 봐도 행복의 늪에 빠져 허우적댈 것 같았습니다. 나는 처 음 보는 순간부터 그녀에게 취해 있었습니다.

수상자가 신인상 시상식 단상에 오르자 거기에 참석한 사 람들이 수군거리기 시작 했습니다. 야, 키가 크다, 얼굴이 너 무 예쁘다, 몸매가 샤방샤방이다, 등등 요즘 동원될 수 있는 칭찬의 언어들이 다 동원 된 듯했습니다. 시상식이 끝나고 당 선 소감 역시 원고 없이 조리정연하고 위트 있게, 지루한 사람 들을 생각해서 인지 짧게 감사표시와 앞으로의 소신으로 마 무리 지었습니다.

이어서 사진 촬영을 하고 주최측에서 주는 간단한 기념품 을 들고 대충 인사를 마치고 엘리베이터를 타러 시상식장을 빠져 나왔습니다. 주최측에서 다과가 준비 되었다고 들고 가 시라고 붙잡았습니다. 그러나 원고 마감에 쫓겨 가야한다고 서둘러 그 자리를 떠났습니다. 수상자인 유하림이 언제 따라 나왔는지 쪼르륵 달려와서 '선생니임' 하고 부르더니 엘리베 이터를 같이 탔습니다. 로비에서 그녀는 감사하다는 말을 다 시 전했습니다.

"선생님, 감사합니다. 우리 언제 밥 한번 먹어요."

나는 요즘 젊은 사람들이 하는 이 말을 거부적으로 받아들 이고 있습니다. 마치 밥에 한이 맺힌 사람들 같아서 말입니다. 그런데 오늘은 그렇지가 않았습니다. 말하는 그 모습이 예쁘고 예상 밖의 제안이라 반가운 이야기였습니다. 한편 의아하기도 했습니다. 저런 절세미인이 나 같은 중년 추남에게 그런 제안을 할 때는 무슨 꿍꿍이속이 있지 않나 의심이 갔습니다. 그러나 내일 산수갑산을 가는 한이 있더라도 거절할 수가 없었습니다. 이런 기회가 다시 오기 어렵다는 것을 나는 너무도 잘 알고 있기 때문이었습니다.

"그래요."

나는 대충 대답은 했지만, 그 말을 꼭 믿지는 않았습니다. 인사치레로 짐작하기도 했습니다.

"선생님. 다시 한 번 감사합니다. 안녕히 가십시오."

그 말끝에 오른 손을 가슴위의 보일락 말락 한 젖무덤을 가리고 허리를 적당히 숙여 인사를 하는데 그 자태가 어찌나 곱던지 나도 엉겁결에 맞절을 하고 말았습니다. 나는 돌아서 나오면서 왠지 기분이 좋았습니다. 사실 큰 갈치를 낚아 올릴 때의 기분이었습니다. 그녀가 '밥 한번 먹자'는 말이 인사치레 말인 줄 번연히 알면서도 은근히 기대가 되었습니다. 한 달이 넘어도 연락이 오지 않았습니다. 잊으려 했고 잊혀져 갔습니다.

어느 날 핸드폰에 문자가 들어왔습니다. 유하림의 문자였습니다. 전화를 드려도 되느냐고요. 가까스로 삼일 후로 약속이 되었습니다. 약속장소는 카페였습니다. 커피도 있지만 술도 마실 수 있는 그런 곳이었습니다. 만난 시간이 오후 세시였는데 우리는 발렌타인 23년산을 번갈아 털어 넣기 시작했습니다. 천천히 마시자고 했으나 그녀는 마치 화난 사람 같았습니다.

"선생님, 제 작품 좋지요?"

작가가 자화자찬하는 것은 언짢았지만, 요즘 튀기 좋아하는 젊은이의 치기로 생각했습니다.

"그래요. 유하림 씨의 작품이 아주 좋았습니다. 심사평에 쓴 말들이 그대로 진심입니다."

그녀는 이미 술이 취해서 혀가 약간 고부라져서 발음이 어눌했다. 이렇게 아름다운 여인을 앞에 두고 대작한 술자리는 처음이었습니다. 룸살롱에서나 만날 수 있는 미인이지만 그녀들과는 격이 다르지요.

김 형, 그런데 그때 술이 만취한 그녀에게서 전혀 예상 못한 취담이 튀어 나왔습니다.

"선생님, 그거 내 작품 아니에요. 선생님 정말 미안해요."

저는 무슨 말인지 깨닫지를 못하고 있는데 백을 열더니 두툼한 봉투를 꺼내 자기를 용서해 달라면서 내 쪽으로 밀어 놓았습니다. 저는 이게 무슨 시추에이션인가 감을 잡지 못했습니다.

"아니, 그럼 유하림 씨 작품이 아니라면 인터넷에서 퍼 왔다는 겁니까? 아니면 남의 작품을 짜깁기했다는 말입니까?"

작품 심사를 할 때 인터넷 바다에서 퍼 온 작품이 아닐까 노심초사 하던 일이 현상으로 벌어졌습니다.

"선생님, 그건 아니고 너무 천진하신 심사위원님에게 이 말을 하지 않으면 내가 미쳐버릴 것 같아서요. 아니 백주 대낮에 벼락을 맞을 것 같아서요."

"뭐가 미안하다는 말입니까?"

"그 작품 돈을 주고 샀습니다."

"뭐, 이런…… 돈을 주고 작품을 사다니?"

"자판기에서 커피를 뽑듯 돈만 주면 작품을 써주는 공장이 있었어요."

갈수록 알 수 없는 말만 했습니다.

"그렇게 양심을 내 던지고 등단을 해서 뭐 하려고요."

"취직. 취직을 하려고요. 그것도 꼴꼴 난 대학의 시간강사 자리를 얻기 위해서요. 선생님 저 정말 나쁘죠. 그런데 어떻게 합니까? 단기간에 도저히 등단할 길은 없고 취직은 해야겠고. 값도 아주 싸요. 정말 이 더러운 오물통에 빠지지 않을 수 없었습니다."

"도대체 어떤 인간들이 그런 짓을 한단 말이요? 그래서 얼마를 주었습니까?"

"그 날 축사해…… 이건 절대 비밀인데. 아, 아니에요. 절대 발설 않기로 약속했어요."

"도대체 얼마를 주었단 말이요?"

그녀는 손가락 하나를 펼쳐 보였습니다.

"백만 원?"

그녀는 손을 좌우로 흔들었습니다. 그리고는 탁자에 엎어져서 꺼이꺼이 울기 시작했습니다. 평소 존경하던 그 선배님이 그럴 리가! 돈이 필요한 피치 못할 사정이 있었겠지. 솔직히 나는 아직도 화려한 문체를 구사하는 그 선배님이 부러웠습니다.

정말 난처한 일이었습니다. 끌어안고 달래 주고 싶은 욕정이 꿈틀댔으나, 양심상 그럴 수도 없고 일어서서 도망가고 싶은 생각뿐이었습니다. 어떻게 해야 할 지 대책이 서지 않는 난감한 일이었습니다. 한참 멍하게 바라보고 앉아 있자 울음이 그쳤습니다. 몇 번 불러 봤으나 대답이 없었습니다. 술이 너무취해 잠이 들어 버린 것 같았습니다.

저는 주인을 불러 도움을 요청했습니다. 젊은 여자 주인은 잘 아는 동생이라고 염려 마시고 가시라고 했습니다. 저는 돈봉투를 그녀 앞으로 밀어 놓고 일어섰습니다.

똥물을 한 바가지 뒤집어쓰면 이런 기분일까요?

민 형, 아무래도 제가 갈 길이 아닌 것 같습니다.

저는 어느 비 오는 날 하구언으로 갈치 낚시를 나간 적이 있었습니다. 비 오는 날이어서인지 상당히 묵직한 놈이 입질을 했습니다. 용을 쓰고 잡아당기는데 이놈은 처음보다 엄청난 힘으로 몸부림을 치면서 도망을 갔습니다. 어찌 해 볼 도리가 없었습니다. 계속 릴을 풀어 주는 순간 갑자기 힘이 사라졌습니다. 나는 릴을 감아 올렸으나 몸부림치는 손맛은 없어졌습니다. 물 밖으로 들어 올리자 난생 처음 대하는 큰 갈치가 이미 반 토막 이상 잘려나가고 없었습니다. 아마 입이 큰 포식자의 밥이 된 모양이었습니다.

민 형, 그 날의 허무를 저는 지금 느끼고 있습니다.

이제 아무래도 나를 버려야 할 것 같습니다.

민 형, 밥 한번 먹읍시다. 좋아하시는 쐬주도 한잔하시고요.

박인성문학상

스마트소설박인성문학상은 소설가 박인성의 작가세계를 기리는 계간 『문학나무』와 박인성기념사업회가 우리 시대의 뛰어난 스마트소설에게 주는 작품상이다.

소설가 박인성은 『파장금엔 안개』, 『호텔 티베트』, 『봄베이 봄베이』, 『이채영은 잘 있다』 등의 작품을 남겼다. 그는 평소에 "단편 하나를 읽고 나서도 단 5분이라도 '멍' 한 상태에 빠지면서 눈이 감겨지는 작품을 만나고 싶다"고 말했다. 이 상은 그 바람을 스마트소설로 구현하고자 한다.

스마트소설이란 짧은 형식 안에 깊은 내용을 담으려는 픽션의 다른 이름이다. 『문학나무』는 손 안의 컴퓨터인 스마트폰을 겨냥하는 새로운 소설을 파종하여 품격 있는 차세대 문

학의 지평을 열고, 작금의 범람하는 디지털문화와 넘쳐나는 매스미디어 홍수 속에, 신뢰 가능하며 유의미한 중심추가 되기를 희망한다.

계간 『문학나무』가 제안하는 스마트소설은 문학의 미래를 열어가는 전위가 될 것이다. 따라서 스마트폰에 들어가는 스마트소설은 첨단성을 갖는다. 분량이 짧고, 소통의 속도가 빠르고, 당대의 현실에 민감하다. 쌍방향 문화를 담보할 이 스마트소설의 질적 발양을 위해서 『문학나무』는 깊은 통찰과 실험적 기법, 명징성과 간결미가 담긴 새로운 문체를 갈구한다. 시대의 담론과 핵심 사안들을 정면으로 다룰 당대성 있는 작품을 갈구한다. 이는 치열한 작가정신을 갈구한다는 말에 다름 아니다.

스마트소설박인성문학상은 박인성기념사업회가 제정하고 계간 『문학나무』가 주관한다. 『문학나무』는 박인성문학상 작품집 발간과 더불어 우리 시대의 문학 범위를 넓히는 불꽃 역할을 다할 것이다.

2 0 1 6
수 상 1859-1999
작 품 집

초판1쇄 인쇄 2015년 12월 21일
초판1쇄 발행 2016년 01월 05일

지은이 김상혁 외
펴낸이 윤영수
펴낸곳 문학나무

출판등록 1991년 1월 5일 (제300-1991-1호)
편집실 110-809 서울시 종로구 동숭4나길 28-1 예일하우스 301호(편집부)
이메일 mhnmoo@hanmail.net
영업마케팅 120-800 서울시 서대문구 남가좌동 5-5 지하 1층(영업부)
전 화 02-302-1250   **팩스** 02-302-1251
이메일 mhnmu@naver.com